CÓMO LLEGASTE AQUÍ

Historia de una madre adolescente

B

CÓMO LLEGASTE AQUÍ

Historia de una
madre adolescente

Adriana Ayala

EDICIONES B

México D.F.•Barcelona•Bogotá•Buenos Aires•Caracas•Madrid•Montevideo•Miami•Santiago de Chile

Cómo llegaste aquí.
Historia de una madre adolescente

1ª edición enero de 2013

D.R. © 2013, Adriana Ayala
D.R. © 2013, Ediciones B México S. A. de C. V.
       Bradley 52, Col. Anzures, 11590, México, D. F.

www.edicionesb.mx

ISBN 978-607-480-397-6

«La vida sólo puede ser comprendida mirando para atrás; mas sólo puede ser vivida mirando para adelante».

SØREN KIERKEGAARD

PRÓLOGO

EL DÍA DE AYER, Sara me hizo una pregunta muy comprometedora. El tipo de preguntas que yo acostumbraba arrojarle a mi madre cuando era niña con el asunto del abuelo perdido. Estaba en el momento de darle el beso de las buenas noches, justo antes de apagar la luz.

—Mami, ¿qué pasó entre mi papá y tú?, ¿por qué no vivimos juntos?

Mi dedo índice apretó dos veces el interruptor.

¿Qué hace una con esas preguntas que forzosamente implican respuestas profundas?

Ahora comprendo las supuestas lagunas en la memoria de mi madre. Hubiera querido ser tan osada como ella para contestar: «¡Ay, Sara, ya no me acuerdo! ¿Para qué quieres tú saber esas cosas?»

Me hice un campito a su lado, cerré los ojos para buscar la idea pertinente, una profunda inhalación ensanchó mis frágiles narinas y mis dedos comenzaron a deslizarse por su ensortijada cabellera al tiempo que mi pecho soltaba un franco suspiro.

—No sé si éste sea el mejor momento para contestarte esa pregunta, pero lo que te puedo decir es que éramos diferentes, teníamos sueños distintos y tan pocas cosas en común que, a pesar de nuestros intentos por continuar juntos, nunca fuimos felices.

Ya era tarde, sus párpados se cerraban sin pedir permiso, entonces Sara sólo me abrazó, cobijada por el cansancio de un día más.

Yo no concilié el sueño tan fácilmente. Parecía *chinicuil* en comal, porque a la sensación de hueco que me inundaba el pecho, se sumaban los siete meses de embarazo de mi segunda hija.

Siempre imaginé que tal cuestionamiento llegaría cuando Sara cumpliera quince o, con un poco de suerte, hasta los dieciocho, pero no a la edad de ocho años. No tan pronto.

1

La cama giraba de manera desenfrenada haciendo que mi cabeza estuviera a punto de desenchufarse para unirse al remolino que me llevaría a Kansas, a conocer a Dorothy. Mis pies desnudos tocaron tierra para permitirme recobrar el aliento. Sacudí el cuerpo con la esperanza de que los nervios se me apaciguaran un poco. Mi vista reparó en una libreta que conservaba desde niña y mis ojos se hicieron grandes mientras cavilaba la idea. Levanté mi ánimo y mis sandalias del suelo y salí corriendo a la papelería más cercana.

Compré una pequeña libreta de pasta dura. Continué con pasos atropellados hasta llegar al jardín de árboles con ramas protectoras. Los alcatraces se erguían elegantes, mientras una rana brincaba presurosa para esconderse tras las hojas. Solté un suspiro contenido durante quién sabe cuántos días y finalmente, con la ligereza roída del agotamiento emocional, me desparramé sobre una banca.

Le escribí a Sara.

Soy un cuerpo que acaba de dibujar su silueta
pero aún no termina de descubrir su personalidad.
Soy porque no me quedó de otra,

porque no sé ni quién soy,
porque intento ser yo y una más a la vez.
Soy porque te tengo a ti.

Cada poro de mi piel me susurraba: «el ser que crece en tu vientre experimenta los mismos sentimientos que tú». Tenía tanto miedo de que el alboroto marítimo protagonizado por mi cuerpo lo lastimara que me urgía encontrar algún remedio.

El diálogo interno que había establecido desde el principio no me parecía suficiente, por lo que se me ocurrió que una libreta podría ser el depósito ideal para dejar correr mis pensamientos. Sara podría encontrarse con ellos cuando fuera mayor de edad.

La libreta de pasta dura y yo nos convertimos en una pareja perfecta. Escribir en sus hojas era la sesión terapéutica que me regalaba cuando experimentaba momentos de explosión, buenos o malos.

Cuando era niña jugaba a contar historias que actuaba, escribía y, a veces, ilustraba. Mis contados peluches y mi mundo de arañas imaginario eran los únicos que me habían escuchado murmurar que cuando tuviera una hija, le escribiría su vida con lujo de detalles.

También eran ellos los testigos de la desilusión cuando mi madre no me compartía la historia de su familia, cuando me eran negadas las respuestas a mis preguntas más urgentes. Yo me las ingeniaba para imaginar un sinfín de versiones dramatizadas. Quizá de ahí el origen de mis ganas de contar, de decirle al mundo cómo es que habían sido las cosas, desde el principio, con todos los pormenores. Mis mudos testigos escuchaban atentos mis secretos, adivinando apenas las circunstancias verdaderas.

—Mamá, ¿dónde está mi abuelito? —pregunté tirada en el suelo panza abajo, sin quitar la vista del mar que coloreaba vivamente en una de mis libretas de *Poochie*.

—En su casa o en la calle, ¿qué se yo, Julia? —contestó mi madre sin apartar la mirada de unas cuentas con las que más tarde armaría un collar.

—¡No, pues! No pregunto por mi abuelito Emilio, sino por tu papá. El esposo de mamá Lola.

Yo seguía entretenida en el dibujo, moviendo hacia arriba y hacia abajo las pequeñas pantorrillas.

—¡Ay, Julia, para qué quieres saber dónde está!

Mi madre continuaba ensartando cuentas, diligentemente, sin prestarme mucha atención.

Solté el lápiz, me levanté con energía y empecé a hablar con la boca y las manos al mismo tiempo.

—¡Porque es un misterio! Mira, tengo dos abuelitas, pero sólo un abuelito, entonces me hace falta uno, ¿por qué nunca lo he visto?, ¿tienes alguna foto de él? Mamáaaaaa, cuéntame, ándale, ¿síííííí?

Yo juntaba las manos a la altura del pecho, suplicante, con la esperanza de escuchar una larga historia. Mi imaginación había tejido ya hilos de ficciones que atravesaban tierras y rostros, pero quería conocer la verdad.

—¡Ay, Julia, ya no me acuerdo!, ¿para qué quieres tú saber esas cosas? —respondió mi madre con severidad, mirándome fijamente con el ceño fruncido, señal inequívoca de que era el fin de la investigación.

¡Exacto!, ¿para qué quería yo saber esas cosas? ¿Por qué no preguntaba por qué llovía o por qué salía el sol todos los días?

Así que, aquella tarde, empecé a escribirle a Sara. No fuera a sucederme, como a mi madre, que se me olvidara dónde había quedado algún miembro de la familia.

La libreta de pasta dura comenzó a cobrar vida. Empecé por anotar lo que se anota en cualquier libreta sobre maternidad: fechas, pesos y tallas se fueron registrando cual riguroso expediente clínico, pero después se le fueron sumando otro tipo de acontecimientos que requerían más tiempo y atención de mi parte.

La vida comenzaba a dejar impresiones en las letras, como aquellas historias que de pequeña contaba a mis mudos oyentes. Las dudas se acrecentaban en lugar de aminorarse, entonces empecé a cuestionarme si lo que escribía lo hacía para Sara o si mis letras eran sólo motivadas por una especie de catarsis, rebasada ya por la vida misma. Poco a poco el trajín de lo cotidiano me absorbió por completo, condenando a la libreta a un destierro del que no fue rescatada sino hasta un día después de que Sara me formulara la pregunta inevitable:

—Mami, ¿qué pasó entre mi papá y tú?, ¿por qué no vivimos juntos?

2

—Así que te llamas Julia y vas en el «B» —afirmó con voz ronca el chavo que me acababa de presentar Fer, la nueva amiga que conocí en el propedéutico antes de comenzar el primero de bachillerato.

—Sí —contesté sin mucho interés, el cual andaba tras unos molletes de la cafetería.

Fer se sentó en una banca para platicar con otro amigo. Yo resoplé porque moría de hambre y los minutos del receso comenzaban a correr.

—Y... ¿tienes novio? —insistió el muchacho nuevo, recién presentado, absolutamente impertinente y ajeno a mi intenso apetito.

«¿Tienes novio?» era al parecer la pregunta obligada en aquellos días; todos parecíamos interesados por indagar la vida amorosa de los demás.

—Sí —asentí usando el mismo monosílabo de antes.

Miré a Fer con la intención de cortar la conversación pero Fer no me hacía caso, ensimismada como estaba tratando de conseguir una nueva conquista.

—Ya decía yo que no podía haber una niña tan linda como tú, sola.

Diferentes tonalidades de rojo me pintaron las mejillas, no supe qué contestar. No estaba acostumbrada a recibir piropos. Mi madre reiteradamente decía: «Julia no es tan bonita, pero es simpática». «Mira los tres pelos que tiene, por eso se los rulo, para que se le vean más». «¡Ay, por qué habrás salido con esos ojos de canica, apenas si parece que tienes!» «Tampoco tú te libraste de los brazos de tamalera, mejor tápatelos». «Si hubieras crecido aunque fuera unos cinco centímetros más, otra Julia serías». «Ni se te ocurra salir con esos huaraches, ve nomás qué feos se te ven los pies, igual de chuecos que los de tu padre». «Con esas piernas de charrita, jamás podrás usar faldas, ni vestidos». «Sólo a ti se te ocurre que puedes ser pianista, con esas manos gordas y pequeñas ni una cuarta alcanzarías.» Por eso cuando alguien me decía palabras halagadoras, las minimizaba de inmediato.

Así que hice como que no lo había escuchado y apuré a Fer.

—Fer, ¡ya vámonos!

Sin embargo Fer seguía maravillada con el otro amigo.

—¿Qué? Espérame tantito, chaparra.

Fer me puso una mano en el brazo en señal de «te hago caso, pero al rato» y siguió platicando. «Ash», pensé yo, poniendo los ojos en blanco.

—¿A dónde vamos? Yo te acompaño. Creo que Fer no tiene ganas de ir contigo.

El muchacho nuevo me robó una sonrisa. Sin duda su buen humor había logrado disipar momentáneamente mi hartazgo. Esta fue la primera vez en la que realmente lo miré a los ojos.

—Por si se te olvida, yo soy Saúl y voy en el «A» con Fer.

Fue como una reacción en cadena. Antes de que yo pudiera adivinarlo, Saúl del «A» ya me había conseguido unos molletes de la cafetería, a pesar de la larga y salvaje fila.

3

Yo me sentía como pez en el agua en la nueva escuela a la que entré para estudiar la preparatoria. Como era pequeña, su matrícula también lo era, lo cual propició que pudiera pasear como *muppet* de un lugar a otro con la mayoría de mis compañeros.

Salíamos juntos los fines de semana y organizábamos fiestas con mucha frecuencia, situación que me venía como anillo al dedo. A mí se me daba eso de bailar, cantar, conversar, conocer gente nueva. Entre semana, por las tardes, mi casa era el punto de reunión de un montón de amigos e, incluso, de los amigos de mis amigos.

Siempre fui buena estudiante, de ésas que «chocaban» por aparecer, mes con mes, en el cuadro de honor y por ser de las consentidas de los maestros. Nunca olvidaba una tarea, coleccionaba dieces en las boletas y jamás me hacía merecedora de un reporte. Por ello mi madre, la encargada de otorgar los permisos en la familia, pocas veces me los negaba. Cuando salía un «no» de su boca, me aprovechaba de que Emilio, mi único hermano varón, dos años mayor que yo, no era tan ducho en esos menesteres. Usaba el típico argumento amenazador de: «a Emilio si lo dejas ir a todas partes pero a mí no, ¿verdad?, entonces es mejor sacar bajas calificaciones, ¿por qué a él nunca le dices que no?, ¡qué injusta eres conmigo, mamá!». Invariablemente funcionaba.

En época de semestrales la casa se poblaba de amigos que necesitan ayuda para prepararse para los exámenes. Con ellos hice mis primeros «pininos» como docente. Hasta pizarrón me consiguieron para explicarles de manera más fácil y rápida. Al terminar, comenzábamos los torneos de *ping pong* o nos íbamos a *Andiamo´s*, un bar-restaurante cercano a la casa en donde podíamos entrar sin problemas, detalle importante dado que aún no éramos mayores de edad.

Saúl y yo coincidíamos en infinidad de momentos. Nos identificamos rápidamente porque los dos éramos extrovertidos y nuestra conversación fluía pasando de un tema a otro con gran facilidad. Él siempre hacía evidente que yo le gustaba, pero él a mí no me resultaba particularmente atractivo.

Saúl era alto, de tez morena clara, con el talle muy prolongado a diferencia de sus piernas, de cara larga y frente amplia. Su pelo era muy grueso y crespo. Con frecuencia cerraba un ojo más que el otro cuando enfocaba la vista hacia ciertos objetos, pero no siempre se le notaba. A pesar de no ser bien parecido, se esmeraba en su arreglo estilo roquero, con jeans desgastados, playeras blancas y chamarra de piel, además de que siempre estaba muy peinadito con gel y tenía un olor a loción muy agradable.

Para mí estaba bien ser amigos. No había química, algo esencial para hacer que las cosas funcionen aun en contra de la voluntad.

Cuando terminé con mi novio en turno, Saúl tenía la esperanza de que yo le dijera que sí cuando me pidiera ser su novia, pero otro amigo se le adelantó, de forma que cuando llegó a la casa con una flor en la mano, me encontró abrazada de alguien más.

Saúl se decepcionó. Cada momento que bailamos, que platicamos, que tomamos un helado, para él habían sido señales inequívocas de que a mí me gustaba y jamás contempló la posibilidad de que los únicos sentimientos que yo le ofrecía eran los de una buena amiga, incluso la mejor. Al parecer, yo me le quedé atravesada como aguijón durante algún tiempo, por eso se alejó.

Yo no advertía la razón de su distancia, pero la respeté. A final de cuentas yo no estaba en sus zapatos, de ahí que me fuera más fácil juzgar que comprender.

Mi nueva relación terminó muy pronto. No hubo una siguiente hasta mucho tiempo después, precisamente, con Saúl.

4

EL ENCANTO DE ANFITRIONA, chica popular y candidata a novia, desapareció en cuanto terminó el primer año de bachillerato. Los amigos y los amigos de los amigos dejaron de ir a mi casa, convirtiéndose sólo en compañeros de clase y conocidos.

Como en todo grupo recién formado suele ocurrir, conforme el paso del tiempo nos fuimos separando y cada quien hizo su tropa según sus afinidades. Yo tuve la fortuna de encajar con unas amigas, de forma que no extrañé demasiado el gentío que llenaba mi casa por las tardes.

Pasaba todo el santo día con Fer, Vicky, Elena y Ana, con sus mañanas, sus tardes y sus noches. Entre semana oscilábamos como muéganos de una casa a otra, nos escribíamos empalagosas cartas o acaparábamos las líneas telefónicas hasta quedarnos con la oreja pegada. Los fines de semana íbamos a la disco, después de una sesión de pasarela de modas para elegir el atuendo perfecto; tomábamos el sol en un hotel haciéndonos pasar por huéspedes; bebíamos incontables tazas de café en Sanborns hasta salir con las manos temblorosas; viajábamos a un pueblito cercano a la ciudad llamado «El Tigre» para comer choriquesos maridados con agua de horchata; hacíamos pijamadas en donde terminábamos diciéndonos lo mucho que nos queríamos después de la borrachera que invariablemente nos poníamos.

Todas esas actividades cotidianas me aseguraban que existían personas como yo, con necesidades similares, que no era un bicho raro deambulando por ahí, perdido sin su camada.

El casi único tema de conversación que teníamos giraba en torno a los hombres, pero en mi vida no había ninguno, salvo por mi padre y mi hermano Emilio, pero ellos no contaban para el caso. Yo extrañaba a uno de mis ex novios, aunque no sabía si era porque realmente lo echara de menos o porque de algún chavo tenía que hablar yo también.

Tras aumentar de peso, mi confianza se fue hasta los suelos, como en un sube y baja que funciona al revés. Mis amigas eran más guapas, altas y delgadas que yo. Cuando salíamos a la disco, llegaba un momento en que me transformaba en guardarropa, porque terminaba vigilando los suéteres y las bolsas mientras ellas bailaban con sus ligues.

Me refugié en el deporte, el cual me ha acompañado en mi vida desde que tengo uso de razón. Terminando el horario escolar, entrenaba volibol y futbol. Después salía corriendo y comía cualquier tentempié para alcanzar a llegar a clases de jazz en un lugar situado a pocas cuadras de la casa.

A pesar del ejercicio y las traspasadas con los alimentos, jamás bajé siquiera un gramo, lo que hacía que la confianza en mí siguiera siendo insignificante. Si a ello le agregamos que mi popularidad había bajado repentinamente, me sentía en un abismo sin fondo.

Llegué a salir con alguno que otro chavo que ni me gustaba, pero no había de dónde escoger. Más bien yo resultaba ser la elegida. ¿En qué momento se invirtieron los papeles? No dejaba de preguntármelo cuando llegaban las noches de los viernes y me encontraba sola frente al televisor viendo los videos de MTV, alucinando a *Alicia Silverstone* mientras cantaba a todo pulmón *Cryin'* de Aerosmith. Hasta llegué a tomar café con un maestro que aparentemente era gay. ¡Y yo toda emocionada!

Casi para terminar el último año de la preparatoria, Vicky y su novio Daniel me invitaron a comer saliendo de clases. Saúl se coló. Daniel era uno de sus amigos inseparables en esa temporada.

Saúl no era el mismo que conocí dos años atrás. Su trato era más rudo, menos respetuoso. Se veía desaliñado, fácilmente lo encontrabas con ropa rota, sucia o de plano con la misma del día anterior. Y eso porque seguramente no había llegado a su casa a dormir. En ocasiones, se confundía con algún pandillero o vago. Le gustaba usar los pantalones a la cadera pero como no los llenaba de las sentaderas, daba la impresión de «andar zurrado», como bien lo describía mamá Lola, mi abuela.

En el tiempo que nos distanciamos, Saúl se ganó una reputación polémica. Las versiones que circulaban lo describían como drogadicto, alcohólico y peleonero. A juzgar por lo descuidado que se veía, parecía que dichos rumores eran ciertos. Su lenguaje también cambió drásticamente. Usaba palabras de argot. ¡Definitivamente era otra persona!

Esa tarde me tuvo que traducir en más de una ocasión lo que me contaba, porque no le entendía. Él se burlaba, me decía que era porque yo era una niña fresa. Después de haber tomado unas cuantas cervezas, cuando la conversación se tornó más íntima, al abordar temas como el de su familia y sus sueños, regresó el Saúl inocente, de gran corazón que conocí la primera vez.

Con más alcohol encima le confesé que moría de ganas por tener novio. Él aprovechó para cortejarme, pero no sutilmente como en la época que nos conocimos, más bien muy aventado, sin tacto.

—Estás sola porque tú quieres —me dijo mirando la caguama que estaba a punto de empinarse.

—¡Ja! Ni al caso —. Pensé: ¡uy, si supieras que no hay nadie que me vea!

—Yo estoy solo, tú estás sola, ya estuvo: ¿quieres ser mi novia? —me propuso como si fuéramos a jugar un partidito de futbol.

A pesar de que parecía decirlo en broma, mi corazón latió más deprisa. No pude evitar sentirme complacida. ¡Al fin un hombre quería conmigo!

—No inventes. ¡Así de fácil y al grano! —contesté aminorando mi emoción para no hacerla evidente.

Sin dirigirme la mirada, es más, sin apartarla de su caguama, Saúl continuó.

—¿Por qué tendría que ser difícil o andarme con rodeos? Te lo digo en serio. Tú sabes que desde que te conocí me gustaste, además siempre nos la pasamos a gusto, ¿a poco no?

Un dejo de melancolía me cubrió. Con lágrimas borrachas, acepté.

Saúl me acompañó a la casa y quedó en regresar más tarde para ir a la fiesta de un amigo.

Me di un regaderazo. Mientras el chorro de agua terminó de quitar la última gota de alcohol que traía encima, me cayó el veinte. ¡Saúl no me gustaba! Seguro comprendería que no era en serio, que mis lágrimas borrachas me empujaron a decirle que sí, pero mi sano juicio me indicaba que había que dar marcha atrás.

Apenas estaba terminando de abrocharme el botón de los jeans cuando Saúl ya me esperaba afuera de la casa. ¡Su actitud era la de un novio amable y formal! Ni yo me la creía. No tuve el valor de decirle que todo había sido un juego.

Durante las dos primeras semanas de noviazgo, puse todo mi empeño para enamorarme de él, pero no hallaba el modo, ni una chispa lograba encenderse. El hecho de que no me gustara físicamente me pesaba demasiado, contrario a lo que en un principio creí. Difícilmente podía ignorar su modo de hablar, sus actitudes despreocupadas, así como las opiniones quisquillosas de mis profesores.

«¡Cómo es posible que la chica más inteligente y deportista ande con el más burro y flojo de la generación!» «¡La presidenta de la sociedad de alumnos con Saúl!» «A ver Julita, ¿qué pasa contigo?, ¿no es cierto que eres novia de Saúl, verdad?» «¿Pero qué le ves?»

Mis propias amigas no daban crédito.

El mismo Saúl me cantaba: «*...íbamos en la misma prepa, yo siempre fui una lacra y tú eras del cuadro de honor. Las piedras rodando se encuentran y tú y yo algún día nos habremos de encontrar...*»

No duramos mucho. Al poco tiempo di por terminado el noviazgo y continuamos siendo buenos amigos, justo lo que sí sabíamos hacer, aunque Saúl seguía aprovechando cualquier momento para intentar que nuestra relación fuera más allá.

5

MI PADRE FESTEJÓ su santo con una comida en la casa.

Saúl llegó de improviso a visitarme. Después de un rato de escuchar conversaciones sobre la sobrina del primo, el ahijado del tío y asuntos por el estilo, fuimos a dar una vuelta en su camioneta, compramos unas cervezas mientras nos contábamos las ganas que teníamos por entrar a la universidad. Cuando llegó la hora de regresar a la casa, Saúl me invitó a la suya.

En un par de ocasiones había ido a ver películas con su madre y Natalia, su hermana menor. ¡Era divertidísimo! Su madre reaccionaba de manera sorpresiva ante cualquier acción, aunque ésta ni siquiera fuera ligeramente emocionante; se paraba de su asiento, gritaba e incluso podía acercarse a la pantalla para hablar con los actores.

Mi madre me dio permiso sin mucho batallar, aún permanecían mis tíos y primos en la casa, pero me advirtió que debía regresar a las doce en punto. Aún le costaba trabajo dejarme salir por la noche, más cuando mi padre no iba a recogerme. Siempre fue muy aprehensiva. No lograba pegar un ojo mientras sus retoños estuvieran de pachanga nocturna. Más de una vez me tocó levantarme en la madrugada para llamar a las casas de los amigos de mi hermano cuando éste se tardaba aunque fuera media hora en llegar.

Los padres de Saúl no estaban, ni su hermana. Supuse que llegarían más tarde, sin embargo después de un largo rato, Saúl me confesó que habían salido de viaje a visitar a una tía a la ciudad de México. Me extrañó un poco, pero no le di importancia. Jamás me pasó por la cabeza que Saúl tuviera algún plan macabro para conmigo. Yo seguía siendo muy ingenua para ciertas situaciones, aunque me gustaba aparentar lo contrario, en tanto que Saúl me llevaba mucho camino recorrido en ese sentido.

Bebí sabrá Dios cuántas cervezas, ni siquiera me percaté del momento justo en el que debí decir: ¡ni una más, por favor! Los sillones de la sala, la copia barata de «Los Girasoles» de Van Gogh, el florero alto y la mesa bajita de centro se movían sin ton ni son, mientras yo permanecía sentada en el piso con las piernas estiradas quebrantando cualquier regla de etiqueta. Mi motricidad fina se volvió gruesa porque no podía pescar ni un cacahuate con los dedos. Mi inconsciente aventó muy lejos a mi conciencia y me puse en modo juguetón y desinhibido.

Mis dedos empezaron a deslizarse con torpeza por el brazo de Saúl. Lentamente me fui acercando hasta quedar montada sobre sus piernas. En cuanto puse mis manos detrás de su nuca, sentí su erección y mis labios se aferraron a los suyos con frenesí.

Los brazos de Saúl me llevaron a su habitación. Sus ganas sin mesura, sus besos, sus caricias, me embriagaron aún más al recorrer mi cuerpo aún vestido. Sus manos grandes me manipularon con habilidad hasta dejarme completamente desnuda. Se me dificultaba mantener los ojos abiertos. Me convertí en un bulto que intentaba hacer, pero mis fuerzas estaban entumecidas por tanto alcohol. Ni siquiera recuerdo en qué momento me quedé dormida hasta que el timbre de la casa me despertó atolondrada.

La borrachera se me bajó enseguida en cuanto vi la hora. No pasaban de las dos de la mañana, pero era suficiente tiempo para que mi madre hubiera dado con mi paradero, considerando que seguramente me había comenzado a buscar desde las doce.

Me vestí rapidísimo, a pesar de la dificultad de no saber dónde había quedado cada prenda. Rogué con todas mis ganas que no fuera ella. La imaginé telefoneando a mis amigas para conseguir la dirección de Saúl. En cuanto descubrí el coche a través de la ventana, empalidecí. Me puse a llorar como Magdalena en un sillón de la sala.

—Mi mamá me va a matar, en cuanto sepa que tus papás están de viaje —. Apreté mis rodillas contra el pecho para aminorar la confusión que me embargaba—. Ni se te ocurra abrir, Saúl —le advertí.

—Si no estuviera la camioneta estacionada afuera, podríamos hacer como que no estamos aquí adentro, pero ni cómo ocultarlo, Julia.

—¡Ay, qué tonta!, ¿por qué me puse tan borracha?, ¿qué voy hacer ahora? —me lamentaba con rabia.

—¡Cálmate, Julia! De todos modos tengo que abrir, no creo que tu mamá se vaya de aquí sin ti.

Saúl se dirigió a la puerta, mientras yo fruncía el ceño sin saber más qué hacer.

—¡Espera! ¿Qué le voy a decir? Se va a enojar como no tienes idea. ¡Qué estúpida fui!

Saúl se acercó a mí, me puso unos cabellos sueltos detrás de la oreja y comenzó a hablarme sin prisas, contrario al timbre que no paraba de sonar desesperadamente.

—Le voy a abrir, le diré que te pusiste algo tomada y que por eso preferí no llevarte a tu casa hasta que se te bajara la borrachera, pero que te quedaste dormida y luego yo también.

El timbre no cesaba, mis nervios se ponían a tono con él.

—No te va a creer.

Me llevaba las manos al rostro para no ver. Saúl comenzó a desesperarse.

—¿Y entonces? ¡Se te ocurre algo mejor!

Saúl se dirigió a la puerta y la abrió.

— ¡No! ¡Qué tonta! ¡Aaaaaah!

Mi madre se puso furiosa. Ni siquiera permitió que yo hablara. Saúl intentó explicarle que sólo nos habíamos quedado dormidos, pero fue en vano. Ella imaginó lo que en verdad sucedió sin que pudiéramos convencerla de lo contrario. Le gritó un sermón sobre la confianza que había depositado en él y le exigió que si me quería de verdad, no me buscara jamás. Poco le faltó para sacarme de ahí de las greñas.

Entré al coche con la cabeza sometida. Mi madre no me dirigió la palabra durante todo el camino. Yo quería transformarme en agua para colarme por la ventana. Nunca antes me había visto en una situación tan bochornosa. Antes de que subiera a mi recámara, mi madre me advirtió que tenía prohibido ver a Saúl, que me olvidara de permisos para salir por un buen tiempo; sólo podría ir a mi fiesta de graduación, y eso porque yo era una de las organizadoras.

Me acosté en posición fetal en mi cama y me cubrí hasta la cabeza con las sábanas intentando sobrevivir a la resaca más grande de mi vida.

Al día siguiente, Saúl logró llamarme por teléfono, esquivando el filtro celador de mi madre. Quería saber cómo estaba. Incluso me comunicó a la suya porque ésta quería visitar a la mía para ofrecerle una disculpa personalmente. No pude evitar enojarme con Saúl. ¡Cómo se le había ocurrido contarle a su madre! Me sentí más avergonzada aún. Lo único que yo deseaba era enterrar esa noche para pasar la página lo más pronto posible, mientras que Saúl parecía querer contarle a todo el mundo.

Durante la fiesta de graduación, me la pasé incomodísima. Yo quería disfrutar que había terminado la preparatoria, pero con sólo toparme con la fría mirada de mi madre era suficiente para regresar a la silla recordando mi censurable conducta.

A pesar de las advertencias de mi madre, seguí frecuentando a Saúl. En un par de ocasiones nos reunimos en un café; otras, en casa de una amiga, en alguna reunión o a veces incluso pasaba por mí después de mis clases de computación.

Un día me invitó a comer a un restaurante elegante del centro de la ciudad. Me estaba terminando unas crepas de cajeta deliciosas cuando pidió la cuenta. De su billetera sacó una carta que empezó a leer en voz alta. Tragué saliva y no pude evitar mirar alrededor. Con las manos temblorosas, Saúl me pedía que fuéramos novios una vez más. Me conmovió tanto la ternura con la que lo hizo que acepté sin reflexionarlo.

Nos veíamos en cualquier parte lejos de mi casa, pero yo no dejaba de evocar a mi madre cuando estábamos juntos ni de tener esa sensación de que estaba cometiendo algún pecado mortal. Verlo a escondidas, inventar pretextos, decir mentiras. Simple y sencillamente no era lo mío. Saúl me propuso que habláramos con ella, pero a mí se me revolvía el estómago nomás de pensarlo, así que mejor decidí terminar la relación una vez más.

Faltaban pocos días para entrar a la universidad. Saúl estudiaría la carrera de Administración y yo la de Ciencias de la Comunicación, cada quien en escuelas diferentes. Apostaba porque la distancia y la atención puesta en otras personas y actividades me ayudaran a olvidarlo.

6

¿Alguna vez has sentido que la vida es monótona? Ver cómo transcurren los días, los meses y darte cuenta que conservas el mismo peinado aburrido de hace años y comes hamburguesas con jamón y queso todos los miércoles.

Justo así era mi vida durante el primer semestre en la universidad. ¡Qué más daba el cambio de escuela con el montón de personas por conocer! Nada nuevo y mucho menos extraordinario sucedía.

Despertar por necesidad. Hacer los rituales matutinos para asistir a la escuela en donde mis profesores me enseñarían teorías que pretendían «poner algo en común». Convivir con otros como yo pero tan diferentes a mí, unidos exclusivamente por el deseo de pertenecer a un círculo más o de simplemente estar por estar.

Regresar a casa por obligación para comenzar la atropellada hora de la comida, con todos hablando de sus cosas pero nadie escuchando las ajenas, entrometiéndose unas voces con otras, siguiendo un patrón caótico insoportable para las visitas, pero indispensable para mi familia.

Llegar a la Casa de la Cultura para integrarme al grupo de teatro. Vaciar la escueta existencia y llenarla con personajes improvisados, motivados por invenciones leídas en los libros, en la calle, en la imaginación. Salir cargada de ganas, con el alma bien almidonada. Caminar por las calles del centro, repletas de gente y de comercios ambulantes esparcidos a lo ancho de las banquetas.

Abordar la combi para regresar a mi mundo vacío, tan lejano al que me muestra la ventana. Enmudecer el exterior, desbordarme con pensamientos fuera de lugar hasta dejar el transporte y, en él, la alegría fugaz que me embriagaba entonces. Correr hacia la casa con la luna a mis espaldas, mientras la noche se hacía más negra, hasta desaparecer el camino por completo.

Concluir tareas hasta agotarme para luego botar los libros a un lado. Dormir, mientras la grabadora terminaba de recorrer la cinta del casete con canciones añejas que cuentan historias de personas que no caben en este mundo por ser diferentes, por exigir su libertad, por convertirse en luchadores de ideas que sólo quedan en las paredes de algunos cuartos de estudiantes. Canciones trasnochadas pero a la vez vigentes para aquellos que se empeñan en asirse a un modelo a seguir, aferrarse a algo o alguien en qué o en quién creer.

Me sentía más sola que una ostra dentro de su concha y peor aún porque, al menos, la ostra es dueña de su concha, pero yo no contaba con una.

Al terminar el bachillerato, quedó atrás una etapa importante de dependencia entre amigas. Yo que no daba un paso sin la venia de cualquiera de ellas y de pronto, nos dispersamos al decidir rumbos diferentes. Elena y Fer estudiaban en universidades distintas a la mía; Vicky emprendió un viaje a Canadá para conocer una nueva forma de vida con otras costumbres, y Ana se había ido a trabajar a la ciudad de México.

Con Vicky no dejé de escribirme cartas, pero éstas significaban vaciar la existencia, más que compartirla. Esos cientos de letras volcadas en papeles que viajaban de un país a otro no describían lo exterior. Eran tan profundas que se volvieron inaccesibles, cegaron nuestros ojos e impidieron continuar con la amistad tan sofocante que habíamos construido.

De pronto, me topé con nuevas personas ajenas a mí, a todo aquello que yo entendía por amistad. Siempre fui sociable, pero esta vez me costó trabajo encontrar amigos que me aceptaran.

De un día a otro, de vivir rodeada de amigas pasé a tener la agenda vacía y yo no me bastaba para sentirme completa ni para ocupar mis abundantes horas libres con algo qué hacer. Pensaba: «si tan sólo tuviera novio, seguro tantas telarañas se desbaratarían enseguida».

Mi idea del noviazgo se resumía en compartir el tiempo restante con el galán, en pasar lista de lo hecho durante el día y en cohabitar tardes enteras en la sala o en el garaje, en el quicio de la puerta, en el coche o en la cocina.

Así fueron las kilométricas relaciones de mis hermanas con mis cuñados. Cuando era niña me gustaba adivinar qué se decían. Es más, podía jurar que ya habían acordado el número de hijos que formarían y hasta el nombre que llevaría cada uno de ellos. Ahora comprendo por qué Lila y el Flaco, su novio y después esposo, construían bolas relativamente grandes con el papel aluminio con que se envuelven los chocolates.

Pero como ningún chavo aparecía con intenciones de ser mi novio, rompí el molde de mis preconcepciones para aceptar relaciones con amigos sin compromisos, pero de ninguna salí bien librada. Muchas veces me

lastimaron y otras tantas quise aferrarme a un sentimiento que en el fondo no tenía, convirtiendo la palabra
«amor» en una madeja de hilo recién abandonada por
un gato juguetón. Me sentía invisible.

7

Después de una sesión de teatro, caminando con mi buen amigo Andrés, una idea súbita se apoderó de mi mente: una hija podría significar dejar de estar sola. Me convertiría en una persona indispensable.

8

Una tarde, recibí una llamada inesperada.

—¿Qué onda, cómo has estado? —la inconfundible voz ronca de Saúl se escuchó del otro lado de la línea.

—¡Qué milagro! —atendí sorprendida.

—Ya me contaron que te rapaste.

Jamás imaginé que el hecho de raparme pudiera causar tanta conmoción. Al parecer todo el mundo hablaba de ello.

—Sí, ¿cómo ves? —recorrí el teléfono para acostarme en el sillón de la sala de televisión.

—¡Muy bien! ¿Y por qué lo hiciste? —me preguntó entusiasmado.

—Tenía ganas de ver cómo me quedaba el look de *Sinéad O´Connor*.

—¡Ja! No inventes.

—¡En serio! Desde la secundaria traía el gusanito, pero como no me lo permitían, lo había olvidado. Pensé que éste era el mejor momento porque en la universidad no les importa cómo me vea, pero cuando trabaje me veré muy rara y capaz de que ni me contratan por eso.

—¡Júralo! Te has de ver muy locochona. ¿Qué estás haciendo?

—Nada, ¿y tú?

—Estoy muy cerca de tu casa, paso por ti y te invito un helado, ¿te late?

—Va.

Después de salir con cierta frecuencia durante un mes, volvimos a ser novios. Si bien es cierto que seguía sin sentir mucha química hacia Saúl, éste me proporcionaba mucha protección y garantía de diversión plena. Esta vez no fue necesario que me lo pidiera con una carta melosa ni que me lo propusiera como si se tratara de un partidito de futbol. Una noche, mientras bailábamos en una fiesta, nos empezamos a besar y con eso fue suficiente.

9

El día que concebimos a Sara fue un martes de verano.

Sabía que me visitaban mis días fértiles, pero aquella noche mi lado racional se escondió, ni siquiera se asomó por la ventana.

Por increíble que parezca, fue la segunda vez que Saúl y yo establecimos una conexión tan profunda.

10

Desde aquella noche, no dejé de pensar ni un día en la posibilidad de estar embarazada. No aguanté ese ritmo tan pausado y le pedí a Saúl que me acompañara a un laboratorio escondido, allá por un rumbo en donde, seguramente, no nos encontraríamos a nadie.

Después de unas horas, recibí un sobre con un informe que decía, entre alguno que otro número, la palabra «positivo».

Me paralizó el miedo y me aferré a ese papel que contenía mi vida futura pero sin instructivo, sin decirme por dónde o cómo debía seguir.

Intentaba tranquilizar la cuerda floja a la que me había subido para mantenerme de pie, pero al ver la mirada confusa de Saúl abandoné por completo el reto, quedándome colgada apenas de un hilo del suéter de punto que llevaba puesto.

¡Ninguno de los dos queríamos ser padres aún!

Una cosa era soñar con ser madre algún día pero otra, muy distinta, que se convirtiera en realidad tan repentinamente. Sin embargo, era un hecho: yo estaba embarazada y no se me ocurría la más remota idea de qué hacer. Seguía sola, ahora con un ser dentro de mí, y aunque estaba acompañada de Saúl, me seguía sintiendo sola.

Una lluvia de lágrimas se estacionó en mi vida por un largo tiempo. Si cada lágrima derramada se hubiera convertido en una perla, el día de hoy sería dueña de una enorme fortuna.

Todas las noches me secaba tanto que me veía obligada a bajar a la cocina a tomar un vaso con agua para no deshidratarme.

1 1

¡Niña-mujer de diecinueve años le da la bienvenida a la maternidad! ¡A pesar de la infinidad de métodos anticonceptivos, estudiante de licenciatura se embaraza! ¡Julia será madre y ni siquiera novio tiene! ¡Próximas nupcias!

Cursaba el tercer semestre de la licenciatura en Ciencias de la Comunicación, no tenía la más remota idea de lo que era trabajar ni de qué se trataba la independencia. Mi familia era muy tradicionalista, sin olvidar que la relación con mi madre era pésima. Con qué cara le diría que estaba embarazada y, precisamente, de la única persona que ella no podía ver ni en pintura.

A pesar de que nunca me caractericé por ser previsora, muchas veces llegué a visualizarme como una profesionista apasionada de la investigación en comunicación, desempeñando un cargo directivo en una institución reconocida, o quizá dando clases a estudiantes de licenciatura en alguna universidad privada. Pero ahora, nada de eso sería posible.

Ciertamente, no había contemplado ninguna de esas circunstancias cuando fantaseaba con la idea de traer una hija al mundo, eso era sólo una mágica ensoñación.

Saúl me seducía con su postura simplista de que «el asunto» se arreglaba con un aborto. Deseaba pensar, sentir como él, pero me era imposible. El día que me llevó una infusión, receta de una comadrona que supuestamente garantizaba expulsar el producto sin consecuencias negativas, no tuve el valor de tomarla.

De pronto me encontré en el asiento de primera fila de un viejo teatro abandonado, sórdido y enclenque, vislumbrando la obra más espantosa de la humanidad que sólo presumía un desenlace pesimista.

Mis decisiones ya no me inmiscuían sólo a mí, sino también a otra persona que dependía de mí, lo cual me estremecía.

El balde de agua fría empezó a caer a chorros sobre mi cabeza, sin darme oportunidad de quitarme el pelo de la cara para mirar hacia delante.

Por si fuera poco, antes de que tuviera oportunidad de asimilar mi nuevo estado físico, mi embarazo se convirtió en el gran chisme del momento. La noticia, corregida y aumentada, corrió como reguero de pólvora hasta llegar a oídos de una tía.

Así pues, me vi obligada a comunicárselo a mi madre cuanto antes, pero Saúl no estaba convencido de hacerlo. Para él todavía no era un hecho consumado, aún insistía en la opción del aborto, pero yo no me podía dar el lujo de que mi madre se enterara por otra persona y tampoco estaba dispuesta a considerar tal alternativa.

De mala gana aceptó. A final de cuentas no me podía obligar a hacer algo que yo no quería. Nos dimos el plazo de una semana para encontrar el mejor momento para hablar con nuestros padres, cada quien por su cuenta.

12

Nidia, Marina y Lila, mis hermanas, se sentían incómodas en el espacio reducido de mi recámara. Soltaban una risita nerviosa, característica de los miembros de nuestra familia. Consciente de su incomodidad, les dije sin preámbulo: «estoy embarazada».

El llanto humedeció el ambiente. Mis lágrimas conocieron a sus lágrimas hermanas y orquestaron un concierto troyano.

En el intermedio, me aconsejaron que no hablara con mi madre a solas. Marina se ofreció de acompañante voluntaria y yo acepté agradecida.

13

MARINA CERRÓ LA PUERTA de la habitación de mis padres tras de sí y se quedó parada a un lado del apagador de la luz. Yo ocupé una silla que estaba a un lado de la cama. Mi madre, que estaba acostada en el *reposet* junto a la ventana, rápidamente se enderezó con un gesto de extrañeza.

—¿Qué pasó? Parece que vieron a un muerto.

Una vez más, sin decirlo de manera suave, sin nada de eso que alguien con prudencia hubiera elegido, de mi boca salió una sola frase corta:

—Estoy embarazada.

Esas dos palabras por fin entraron en mi cabeza, retumbando una y otra vez y golpeándose entre ellas: «Estoy em-ba-ra-za-da».

De la cabeza bajaron las palabras a mi garganta, se deslizaron raspándome el esófago hasta caer en mi estómago, que se encogió de inmediato.

Mientras ese proceso amargo sucedía, mi madre vociferaba palabras ofensivas e inevitables para descargar su gran sentimiento de ira.

Empezó con la negación, no de mi embarazo, sino del mal momento que ella vivía por mi culpa.

—No puedo creer que me esté pasando esto a mí.

Parecía hablarle a alguien detrás de la ventana, no a nosotras. Yo sólo podía mirarla de reojo con la cabeza agachada. Ella ni siquiera me veía.

Después siguió el reclamo. Su voz suplicante de hacía unos segundos se tornó agresiva.

—¡Cómo es posible que me hayas fallado de esa manera, andando por ahí como vil mujerzuela! Yo no te enseñé eso. Pero si todavía eres una escuincla mocosa.

Mi madre se permitió apenas unas cuantas lágrimas, le saltaban las venas del cuello al compás de sus frases salidas a empellones de su tensa quijada. Ni se movió del *reposet*.

—¡Qué manera tan estúpida de arruinarte la vida! A ver, ¿de qué te sirvió la disque inteligencia que tienes? Nomás por andar de caliente. Luego tú. ¡No, Julia! Teniendo todo lo que se necesita para salir adelante, ¡qué desperdicio!

Yo sólo sentía que me clavaba una puñalada tras otra en el orgullo. De pronto, guardó silencio, cayó en la cuenta de algo que la hizo parar aquella masacre.

—¿De quién es, al menos lo conozco?

Pasé saliva, respiré hondo y enseguida contesté apretando los ojos para resistir la siguiente tanda.

—De Saúl.

Reinó el silencio. Pensé que mi madre se desmoronaría en pedacitos, poco le faltó, pero tomó aire para pronosticarme un escenario mucho más fatalista del que yo había conjeturado en días anteriores. Ahora sí, su vista caía como plomo sobre todo mi cuerpo.

—¿Sabes lo que va a pasar, Julia? ¡Claro que no, ¿qué vas a saber tú, por Dios? Ése y tú jamás formarán una familia porque para ello se necesita la voluntad y el amor de dos. Es un hecho que él no te quiere porque si te quisiera estaría aquí. Serás una fracasada porque la gente no te permitirá llevar una vida como la de todos, serás juzgada y etiquetada para siempre. Tú no sabes qué tan crueles pueden ser las personas. ¡No, Julia, tú no sabes nada y ya te marcaste de por vida! Mientras tanto yo tendré que averiguar qué mal he hecho para que Dios me castigue de esta manera.

Mi burbuja impenetrable se rompió con las palabras pesimistas de mi madre. Yo sabía que ella había padecido el hecho de ser hija de madre soltera en una época en la que se juzgaba duramente aquel estado. De tal modo que creció sintiéndose el bicho raro, lo que a su vez contribuyó para que los demás la notaran.

Su rabia comenzó a diluirse en un llanto que fluyó sin freno. Mi madre se había metido también hasta el fondo de la tristeza, como si fuese un precipicio al que yo la hubiera empujado.

Marina y yo permanecimos en silencio hasta que mi madre hizo la pregunta que yo no quería oír y mucho menos contestar.

—¿Qué vas a hacer? —inquirió secamente.

«¿Qué voy hacer?» Como si me hubiera hablado en chino, me quedé congelada por unos minutos. Poco a poco las palabras vinieron a mi boca y me salió un instinto maternal que hasta entonces no sabía que tenía.

—Mamá, mi bebé no es un error y nunca lo será. No voy a permitir, con todo respeto, que te expreses así de él.

¡Cuánto me aferré a esa idea repitiéndola mil veces para no volverme loca! Agarré aplomo y seguí.

—Sé que te he lastimado, que estás muy enojada y tienes mucha razón, pero no en todo lo que me has dicho. Sólo me compliqué más las cosas, pero no arruiné mi vida. También sé que no estoy en condiciones de pedir nada, pero no tengo opción. Necesito que me dejes vivir en tu casa y que me sigas pagando la universidad. Sin una carrera no podré ofrecerle un futuro seguro a mi bebé. Mamá, por favor, ayúdame. No cuento con nadie más que tú. Te lo suplico.

Nuevamente, el silencio se hizo presente en la habitación. Mi madre reanudó la conversación con más preguntas.

—¿Cuántos meses tienes?—. Regresó la vista hacia la ventana.

—Voy a cumplir dos —contesté con apenas un hilo de voz, mientras apretaba mis manos una contra la otra, recargadas sobre mis piernas.

—¿Y cuándo te piensas casar?

No pude evitar subir la cabeza y poner los ojos en blanco.

—Mamá, no pienso casarme. Espero lo comprendas —extrañamente mi voz salió fuerte, hasta con un dejo de reclamo.

—Ahora resulta que soy yo la que debo comprender —se burló mi madre—. No, señorita, las cosas no funcionan así. ¿Por qué no te vas a casar?—. Levantó una ceja.

—Porque no estamos preparados para hacerlo —repetí automáticamente las palabras que me había dicho Saúl días atrás.

—¡Ay, sí, pero para traer hijos al mundo sí, ¿verdad?

Apreté los ojos y se me hundió el pecho.

—Sí mamá, tienes razón. Debí pensar en todo eso, pero desgraciadamente ya no puedo regresar el tiempo. ¡No sabes cuánto me he lamentado! Pero no me sirve de nada, porque eso no cambiará mi situación. Saúl y yo decidimos que primero seremos padres y después una pareja.

—¡Pues, no! No puedo aceptarlo. Seguramente ése es el que no quiere casarse y ya te convenció. Ya te dije que no te quiere, porque si así fuera te daría tu lugar, se casaría, estaría aquí enfrentando el problema contigo.

—Mamá, pero es algo que los dos hemos decidido —dije con firmeza, aunque por dentro nada más pensaba: «Uy, mamá, si supieras que ni siquiera quiere tener este hijo».

—Son puros pretextos tuyos para taparlo.

—Mamá, ¡créeme!

Me hubiera gustado explicarle que yo aceptaba tales condiciones porque me daba miedo que Saúl se fuera y me dejara sola.

—Mira, Julia, escúchame bien. Te pagaré la escuela, te permitiré vivir aquí y a tu hijo también, pero debes casarte. ¡Eso no está a discusión! Si no te casas, ése jamás volverá a poner un pie en esta casa. ¿Entendiste?

—Sí —le dije resignada, convencida de que Saúl no cambiaría la decisión de casarnos por tal advertencia.

—¿Tu hermano ya sabe?

¡Mi hermano! Ni me había acordado de él. Emilio odiaba a Saúl.

—No. Sólo saben mis hermanas y ahora tú.

—¡Uuuuuy, Julia, no sabes cómo reaccionarán tu papá, tu abuela y Emilio cuando se enteren!

—Sé que los decepcionaré y sentirán feo, mamá, pero...

—¿Feo?, Julia, no sabes: ¡enfurecerán! Espérate lo peor. Será mejor que yo les dé la noticia, a ti ni se te ocurra hablar con ellos. ¡Ya vete! No tengo ganas de seguir viéndote.

Marina y yo desaparecimos.

14

EMILIO ERA EL ÚNICO que me entendía, porque la brecha generacional con mis hermanas era muy grande; era mi único soporte al llegar a casa, pero él nunca aceptó mi noviazgo con Saúl, por eso jamás se me ocurrió contarle primero.

Saúl no controlaba su manera de beber, tan es así que a los cuatro meses de conocernos lo hospitalizaron a causa de una congestión alcohólica. Sin embargo, yo vivía en una familia con problemas de alcoholismo, así que para mí era común, aceptable y llevadero.

Mi padre es alcohólico moderado. Todos los días bebía, y aunque eso no afectaba demasiado su actividad profesional y siempre pudo ver por nosotras, los fines de semana se podía vivir una historia diferente. Es más, los días que mi padre no consumía una gota de alcohol, se volvía irascible y se tornaba imposible trato alguno con él.

Cuando alguna vez le cuestioné a mi madre por qué permitía tantos abusos a causa de tal adicción, ella me explicaba que era cuestión del destino. A veces «te tocan» hombres valiosos pero con algún defecto, como el que les guste tomar sus copitas, pero no por eso dejan de ser buenos, aunque esas copitas puedan ser diarias y a todas horas. Una mujer debe aguantar y aprender a sobrellevar su destino.

Para Emilio, ese detalle en Saúl era intolerable, razón por la cual nunca llenaría el traje de cuñado.

—¿Emilio? —lo llamé entre queriendo y no.

—¿Qué quieres? —me contestó mirándome de reojo con los brazos cruzados, tal como solía ver televisión, acostado de ladito en el sillón.

—No, nada —dije rápidamente para que olvidara el asunto.

—Dime —pidió amodorrado.

—Nada, nada. Olvídalo.

—Entonces, ¿por qué volteas a verme a cada rato?

—Es que te vas a enojar. Mejor olvídalo porque no te va a gustar —lo dije con voz de niña, estaba resignada a decírselo, no me quedaba más remedio, tarde o temprano se enteraría.

—Entonces no me digas nada y déjame ver la tele a gusto.

—Ando con Saúl.

Lo dije rápido, tratando de minimizar la situación para que obtuviera una respuesta igual de corta y sin importancia.

Emilio siguió viendo la televisión sin decir nada. Tal actitud me desconcertó. Deseaba una respuesta corta, pero no me esperé su indiferencia. Después de unos segundos, insistí:

—¿Y no me vas a decir nada?

—¿Qué quieres que te diga? Tú eres la que andas con él, no yo. ¡A mí qué!

En verdad, su postura y tono hacían parecer que le daba igual, pero yo estaba intrigadísima.

—Bueno, puedes decirme, ¿qué te parece?

—Que está mal.

Me chocaba cuando Emilio era así de cortante.

—¿Por qué mal? —insistí, ya sin temor.

—Julia, no quiero hablar de eso. Eres muy inteligente, aunque parece que te gusta jugarle a la que no. No es necesario que te explique por qué Saúl no te merece ni tantito, pero si tú quieres estar con él, es tu problema, no el mío. Tú sabrás lo que haces.

—Pero no es tan mal tipo. Es más lo que dicen de él...

—¡Ay, Julia! Yo no me chupo el dedo. Peor modelito no pudiste encontrar —lo dijo en un tono tan enfadado que me dejó callada—. De una vez te digo. No esperes que me porte bien con él, porque jamás lo haré. ¡No lo trago!

Fin de la conversación.

Emilio jamás me hizo comentario alguno sobre el embarazo y mucho menos opinó sobre mi relación con Saúl. Simplemente dejamos de compartirnos lo que pasaba en nuestros días, sólo nos hablábamos para lo indispensable.

15

Mamá Lola fue la última en enterarse de mi embarazo, pero en realidad ella fue la primera en darse cuenta nomás viéndome a los ojos, como me contaría después.

Mi abuela fue enfermera y partera en la época en que la cesárea todavía no se inventaba. Por ello dominaba la técnica de los partos vaginales a la perfección. Los médicos confiaban en ella porque eran testigos de que tenía manos milagrosas que ponían de cabeza a cualquier recién nacido. Con mamá Lola los niños eran bienvenidos a este mundo sin más dolor.

Por esa fama inmaculada, mi abuela era socorrida a todas horas para atender principalmente los partos de mujeres humildes que vivían cerca de su casa. Los esposos inquietos iban por ella y regresaba más tarde con bolsas llenas de pan, fruta, queso o cualquier objeto que hiciera las veces de un regalo, a cambio, por supuesto, de sus servicios.

Cierta vez un señor la recogió en su bicicleta. No era el primero en hacerlo. Por aquellos días, ése era un medio de transporte bastante socorrido. A mamá Lola no le quedó más remedio que irse montada en la bicicleta y regresar cargando, además de su maletín, una gallina alborotada que no paró de cacaraquear por todo el camino. ¡Ya me imagino el acto de malabarismo que practicó para no perder el equilibrio evitando salir volando por los aires con todo y plumas!

También la gente acomodada solicitaba sus servicios, sólo que ellos sí pagaban con dinero y no en especie.

Cuando llegó la cesárea a México, repentinamente casi toda mujer que acudía a hospitales privados, requería ser operada sin excepción, que porque el niño venía grande o de nalgas, porque tenía enredado el cordón umbilical en el cuello, porque la señora sufría de presión alta, porque presentaba placenta previa, por bajita, por estrecha, porque el médico saldría de vacaciones.

Mamá Lola, acostumbrada a lograr que cualquier bebé naciera por vía vaginal, aseguraba que eran puros pretextos para sacarle dinero a la gente y para que los médicos cuadraran sus horarios a su conveniencia, no a la del niño. Decía: «doctores huevones que no quieren levantarse de madrugada, qué culpa tienen los chilpayates de que les adelanten su hora».

Algunas señoras «popis» —como ella les decía— la buscaban faltándoles un mes para su fecha probable de parto porque su ginecólogo les había sugerido practicarles una cesárea. Mi abuela las revisaba sin más aparato que sus manos y con eso le era suficiente para que les pronosticara el día en que empezarían las contracciones.

—Entonces, ¿sí puede nacer mi hijo naturalmente? —preguntaba la madre esperanzada.

—¿Por qué no habría de poder? —reviraba mamá Lola sin entender.

—Es que el doctor nos dijo que el bebé no está bien acomodado.

—¿Quién no está bien acomodado, el bebé o el doctor? Aquí está la cabeza, mire, deme su mano —la señora le prestaba su mano sin la menor duda. —¿Siente esta bolita? Ésa es la cabeza, redondita, redondita. Si ya lo trae bien encajado.

Mamá Lola seguía trayendo al mundo a los niños de las madres que se lo permitían, en la comodidad de sus casas.

Con semejante sabiduría, ¡cómo esconder mi embarazo a mamá Lola! Por ello, cuando mi madre se lo dijo, ella ni siquiera mostró una pizca de asombro, ni un «mmm-hmm» salió de ella.

Mi abuela tampoco me hizo ningún comentario a pesar de que yo era su compañía nocturna. Mamá Lola necesitaba dormir con alguien porque presentía que cuando llegara la hora de su muerte, no tendría a quién decirle el adiós definitivo.

Eso sí, sólo me regañaba cuando yo no podía controlar los «hip» desgarradores de cuando se llora a moco tendido. No se cansaba de decirme: «deja de chillar, que le vas hacer daño al niño».

16

Un día mi padre me llevó a la librería. Tres cuadras antes de llegar a casa, estacionó el coche afuera de una tienda de abarrotes. Pensé que iría a comprar una cerveza o cigarros, como de costumbre, pero no se bajó, acomodó las manos en el volante y comenzó a hablar con voz pausada.

—Ya sé que estás embarazada, Julia, pero no había encontrado el momento de hablar contigo.

Sólo pude agrandar los ojos cuando escuché sus palabras, así tan de repente. Se notaba nervioso, pero el tono que usó era compasivo. Yo nomás cerré la boca y agudicé las orejas.

—No esperes de mi parte una felicitación porque no la considero prudente, pero quiero que sepas que un hijo siempre será motivo de alegría y yo me siento contento por ese hijo que esperas. Sí, me siento feliz por ese nieto, el cual de ahora en adelante tú debes cuidar mucho.

Por primera vez escuché unas palabras de apoyo que me vinieron espléndidamente.

—Tienes que comprender a tu madre. Para ella no es fácil asimilar la situación, sobre todo por las condiciones en las que te encuentras. Incluso puede ser que nunca lo logre. Ya el tiempo lo dirá. Debes ser fuerte de ahora en adelante. Para que me entiendas, tienes que ser como la mantequilla para que se te resbalen sus malas caras, porque tu bebé no es culpable de eso, y ten por seguro que tu madre seguirá portándose severa contigo. No dejes que te afecte, porque todo lo que tú sientas lo siente el hijo que llevas dentro.

Jamás imaginé que mi padre pensara así y mucho menos que me lo dijera.

—Respecto a Saúl, así de sencillo: si te responde, qué bueno; si medio está contigo, qué bueno; si no está y se va, también qué bueno. De todas maneras voy a platicar con él, tú no te preocupes por eso, sólo déjame hallar el momento. Mientras yo viva, escúchame bien y nunca lo olvides, nada te faltará a ti, ni a tu bebé, ¡nunca! Sólo piensa en ti y en tu hijo o hija, lo que vaya a ser, en nadie ni nada más. Si te casas o no, para mí no es importante.

Mi padre siempre fue una pintura distante en mi vida, una imagen borrosa de ésas que nomás no logras enfocar. Hasta entonces, había tenido dos padres. El de antes, que era el que trabajaba para cumplir su rol de proveedor, y el de ahora: un jubilado con bastante tiempo de sobra.

El primero salía temprano a su oficina, regresaba a la casa a las cuatro de la tarde y duraba horas comiendo. No se le podía molestar porque llegaba cansado de trabajar, motivo por el cual me quedaba observándolo detrás de un sillón. Me fijaba en sus ojos ligeramente aceitunados, en el movimiento de su boca al masticar, acompasado de un vaivén cadencioso, como si no existiera más en el mundo que el placer de comer. Sus manos arrugadas que inmediatamente guiaban mi mirada hacia las mías, porque se parecían muchísimo. Supongo que me delataba porque al terminar con el plato fuerte, me invitaba una tortilla calientita untada con crema y sal. Yo dejaba al instante mi guarida secreta para zamparme aquel manjar hasta chuparme los dedos. ¡Cómo disfruto desde entonces las tortillas calientitas con crema y sal!

De ese padre guardo el recuerdo de cuando trajo regalos después de un viaje de trabajo. A mí me dio una maletita de plástico azul en forma de grabadora, que atesoré por mucho tiempo.

También me gustaba cuando viajábamos a la ciudad de México o a Guadalajara para que mi madre comprara el material que necesitaba para armar collares, tocados, ramos y moñitos, mismos que vendía después en el tianguis, más por el gusto de diseñarlos que por dinero. Mientras ella y mamá Lola se iban de compras, mi padre nos llevaba a parques de diversiones a Emilio y a mí.

A pesar de que el contexto se prestaba para romper el hielo con mi padre, eso nunca pasó, siempre guardé la distancia que me sugerían las palabras de mi madre. Se suponía que era cuestión de respeto, pero en mi caso, era miedo.

El otro padre, el vigente, era el que siempre estaba en casa, porque había cumplido sus años de servicio convirtiéndose en un feliz pensionado. A partir de entonces, sus actividades se volcaron hacia la familia. Fue como si de pronto me regalaran un padre como el que había deseado años atrás, pero con el que ya no sabía cómo relacionarme. Mi padre era el que satisfacía mis necesidades materiales; hasta ahí llegaba nuestra confianza.

Esa tarde en el coche, me rompió el esquema. No supe cómo reaccionar. Me hubiera encantado que el final de la conversación hubiera habido un largo abrazo, pero esas manifestaciones de cariño no existen en mi familia. Sabrá Dios desde qué generación carguemos con esa costumbre.

17

A LA ANTIGÜITA, creía fielmente que el matrimonio era para toda la vida. Criticaba tanto a las parejas que concebían hijos, luego se casaban con otras personas y entonces se convertían en una familia con descendientes acumulados, ajenos unos con otros, pero viviendo juntos o conviviendo ciertos fines de semana. Pero, a partir del embarazo, desfilaron por mi mente un montón de versiones acerca del matrimonio.

En ocasiones, Saúl y yo nos comprendíamos tan bien que tenía la corazonada de que funcionaríamos como un matrimonio joven que duraría para siempre. Yo consideraba que un hijo era motivo fundamental para tomar tal decisión, mientras que él, precisamente, opinaba que un hijo no debería influir en ella.

Nos veíamos pocos días a la semana en el jardín cercano a la casa, porque no siempre se lo permitían sus horarios de clase en la universidad, así como las múltiples fiestas, disfrazadas de trabajos escolares. También algunas veces me dejó plantada. Las razones: no traía coche, le aplicarían un examen larguísimo, recogería cualquier chuchería por encargo de su madre o estudiaría temas de mucha dificultad. Finalmente, Saúl me permitió conocer algunas de sus facetas sin máscaras.

Por otro lado, la frialdad e indiferencia de mi familia comenzó a ser insoportable. Era duro llegar a una casa que se había convertido en un congelador cuando yo necesitaba más calor que nunca.

Un día le confesé a Saúl que estaba considerando la idea del matrimonio. La conversación terminó tan repentinamente como había comenzado porque me contestó tajantemente: «estás loca, si no estamos preparados para tener un hijo, mucho menos para casarnos».

Yo soñaba con tener una familia amorosa que le diera la bienvenida al nuevo ser que venía en camino. Dentro de mi necesidad de perfección, no encontraba otra manera en que pudiera ser, yo estaba dispuesta a sacrificar lo necesario para que la relación se volviera sólida. Por ello, a pesar de que Saúl no quería casarse, le volví a insistir semanas después, pero una vez más me tiró de loca por tan sólo considerar el tema.

18

Mi cuerpo anhelaba desconectarse para ir por el camino amarillo rumbo a Oz abrazada de Dorothy, el espantapájaros, el hombre de hojalata y el león. Paradójicamente lo único que me detenía era el ser que venía en camino.

En los primeros meses llegué a dudar del embarazo porque mi vientre no crecía, jamás sufrí un mareo, náuseas, ni malestar alguno.

A pesar de gozar de tales beneficios, tuve que hacer algunas modificaciones a la rutina diaria que venía marcando mi vida. Abandoné las clases de futbol y danza contemporánea. Renuncié a las fiestas, a la mala costumbre de comer lo que fuera o de no hacerlo si no me quedaba tiempo y a desvelarme por el mero gusto viendo una película, escuchando música o leyendo. Dejé de fumar, aunque no del todo.

Cuando estaba con Saúl íbamos a la tienda de Doña Carmelita a comprar un cigarro suelto, Saúl lo prendía mientras buscábamos un rincón para disfrutarlo con cierto remordimiento de conciencia, pero no con el suficiente como para apagarlo. Trataba de no darle el golpe para que no llegara hasta mi bebé, aunque siempre me quedé con la duda de si eso daría resultado.

No obstante, el embarazo se convirtió en una experiencia casi mágica, se convirtió en la inspiración que necesitaba para levantarme todas las mañanas, cuando mi único deseo era quedarme dormida en un sueño profundo para siempre, percibía una carga de energía que estaba segura no provenía de mí.

Me sentía al borde de la locura, completamente bipolar. ¡Cómo era posible que yo experimentara sentimientos tan contradictorios! Pasaba de la claridad a la oscuridad, de la ilusión a la desilusión, del beneficio al sacrificio, de la bendición a la desgracia.

Por el contrario, Saúl seguía sin sacrificar un solo aspecto de su vida, no asumía su paternidad, lo cual me parecía injusto. Prefería estar sola que soportar su falta de compromiso. Con esos pensamientos amanecí un día. Entonces le llamé por teléfono y terminé la relación.

Saúl jamás se imaginó que lo quisiera dejar en mi estado, parecía no darse cuenta de que le estaba haciendo un favor. Pero la imagen que los demás se crean de nosotros pesa, y pesa mucho.

Saúl era de esos amigos consejeros que ofrecían una buena respuesta cuando pasabas una mala racha. Siempre encontraba el lado conciliador de los problemas. Pero no es lo mismo ser cantinero que borracho, como él mismo diría. La balanza se cargó hacia el lado de lo que opinarían los demás. Él no deseaba ser padre aún, pero le preocupaba qué iban a decir de él y lo que él pensaría de sí mismo si tiraba la toalla.

A la siguiente semana me llamó.

—Julia, ¿me puedes decir qué mosca te picó? Le he estado dando vueltas al asunto y de verdad no sé por qué me mandaste a la fregada. La neta, ¿no quieres estar conmigo?, ¿ya no me quieres o qué onda? —me reclamó Saúl con su voz ronca.

¡Ash! Saúl era de efecto retardado. Miré al techo e incliné la cabeza.

—¿En verdad crees que terminé contigo porque ya no te quiero? —le pregunté irónica a ver si así se alcanzaba a ver más allá de sí mismo.

—¿Por qué más habría de ser? ¡Vamos a tener un hijo! No puedes de pronto decir que ya cada quien se vaya por su lado.

Enderecé la cabeza. La desesperación fluyó tajante, respiré para contenerme y darle una explicación, esperanzada de que el hombre protector que yo veía en Saúl antes del embarazo saliera a flote y me cobijara.

—¡No inventes, Saúl! Te quiero, tú lo sabes, pero no basta querer para continuar en una relación y mucho menos en una como la nuestra. Es más, a veces siento que ni a relación llegamos. Ya no somos novios que pueden estar o no estar, llegar un día y desaparecer tres más, ¡somos novios diferentes! Como tú bien dices, tendremos un hijo. Ya me cansé de ocupar el último lugar de tus prioridades. Es obvio que así no quiero seguir contigo, Saúl, es cien veces preferible no estar. ¿En serio no te das cuenta?

—No, la neta no. Tú siempre haces panchos por cualquier cosita. ¿Qué más quieres? A veces puedo ir a verte y otras no, es imposible estar contigo todos los días.

Me resumió el problema como si sólo fuera cuestión de vernos o no todos los días. Solté un bufido de hartazgo. Traté de ser más directa, cuestión complicada para mí.

—Sabes bien que no me refiero únicamente a si nos vemos o no todos los días. Ni siquiera estás al pendiente de mi embarazo, hasta parece que ni te interesa. No siento que comparto la responsabilidad contigo. Tú sigues haciendo tu vida igual que antes. Ni te importa cómo me siento o si necesito algo. ¿O te lo has preguntado acaso?

—¿A poco quieres que yo deje de hacer mi vida como a mí me gusta sólo porque tú estás embarazada? Julia, estás siendo muy egoísta —hizo énfasis en la última frase.

—¿Egoísta yo? O sea, Saúl, ¡mírate en un espejo! —le grité sin importar si alguien más me escuchaba.

—Yo no tengo la culpa de ser hombre, ¡eh! —me dijo en tono sarcástico.

Me quedé un segundo callada negando con la cabeza. No podía creer que estuviera dando esas respuestas.

—Qué fácil, ¿no? Definitivamente no vale la pena hablar contigo —le contesté resignada.

—Porque te digo cosas que no te gustan, ¿verdad? Me cae que el embarazo te ha cambiado grueso.

—¡Exacto! Diste en el clavo. Un embarazo te cambia la vida. Ser padre te cambia la vida, ser madre te cambia la vida y lo dijiste tú, no yo. ¡No te das cuenta!

—Ése es tu error, chaparra. Uno debe seguir siendo uno mismo, si no, estás en el hoyo —explicó con la forma marihuana que tenía para hablar en ciertas ocasiones.

—Tienes razón. Uno debe seguir siendo uno mismo, pero debes cambiar para sumar a esa nueva persona. Ya no soy nomás yo y el mundo, Saúl —intenté hacerlo razonar una vez más.

—¡Qué azotada eres!

Me contuve para no colgar el teléfono.

—¡Azotada! Para ya no seguir con esta conversación inútil, que por lo visto no llegará a ninguna parte, de una vez te digo que mientras no me demuestres que estás interesado en mí y en nuestro bebé, terminamos aquí y punto. No seré la primera ni la última mujer que sea madre soltera.

—¡Chale! Entonces qué, ¿no quieres seguir conmigo? —me preguntó condescendiente.

—¡Ash! —Saúl no entendía nada de nada.

—¿Y qué va a pasar con nuestro hijo?

—¿Qué crees que va a pasar?

—¿Me lo dejarás ver?

—Ni que fuera adorno de aparador, Saúl.

—Bueno, es que a lo mejor me cortas y ya no le dirás ni quién es su jefe.

«A lo mejor me cortas», ¿en qué conversación estaba Saúl?, pensé sin engancharme en eso pues su última frase resultaba aún más devastadora.

—¿La decisión es mía, únicamente?, ¡qué comentarios son ésos!

—Por eso te pregunto. Yo tengo derecho a conocerlo.

—¡Y tienes la obligación de ser su padre! —contesté de inmediato.

Hice una pausa mental y empecé de nuevo.

—A ver, Saúl, no me quiero enojar más. Si lo que te preocupa es que yo te impida conocerlo, no hay problema, te aseguro que no lo haré. Sabrá quién es su padre, pero tampoco esperes que te lo imponga a la fuerza. La relación que tú tengas con él o ella dependerá de lo que tú hagas o dejes de hacer. A mí, ni me metas.

—¿Segura?

—Sí, segura.

Colgué el teléfono llena de rabia.

Saúl en su mundo y yo en el mío.

19

LA SONRISA Y EL BRILLO en mis ojos regresaron. Saúl había conseguido un trabajo de vigilante en un hotel por las noches, me prometió que no descuidaría sus estudios y que viviría el embarazo a mi lado. Entonces, reanudamos el noviazgo.

Ahora nos veíamos menos que antes. En muchas ocasiones puso de pretexto el trabajo pero yo me daba cuenta que su día de descanso lo utilizaba para irse a cuanta fiesta podía; de cualquier forma, me hacía de la vista gorda para proteger mi corazón.

De niña quería ser como Emilio para poder jugar a cosas de hombres con mayor habilidad: futbol, beisbol, chinche al agua, cebollitas, luchitas, carreteritas, competencias en bici. Ahora, nuevamente me asaltaban las ganas de cambiar de género. Cómo no querer ser como Saúl, sin tener que albergar un raudal de hormonas alborotadas que me tenían con el sentimiento a flor de piel, teniendo un montón de pretextos que usar cada vez que me faltara valentía.

Cuando llegué al sexto mes de embarazo, Saúl me contó que una mujer anónima lo había llamado en varias ocasiones para advertirle que él no era el padre de mi hija. Después, me fue dando información dosificada de la susodicha. Era una enfermera dispuesta a ayudarlo a realizarse una prueba de ADN. Saúl era tan importante para la señorita, que hasta le saldría gratis con tal de que se comprobara mi gran mentira.

En serio que eso sólo pasa en las telenovelas, ¡quién en su sano juicio creería semejante historia! Pues yo. Mi gran venda en los ojos me hizo tragarme el cuento. El verdadero motivo de sus ausencias y de las dudas sobre su paternidad fue que había iniciado una relación sentimental con una compañera suya de la universidad, una tal Wendy. Todo empezó porque la mujer era comprensiva y tolerante, el paño de lágrimas de Saúl, justo lo que él necesitaba. Incluso en varias ocasiones la llevó a comer a su casa, con su madre y Natalia, y la presentaba y la trataba como su novia.

Como suele pasar, todo el mundo se dio cuenta, menos yo. En realidad, me enteré mucho tiempo después, gracias a que Natalia, su hermana, no pudo con el remordimiento de conciencia. De no haber sido así, yo nunca lo hubiera descubierto y, como muchas mujeres, quizás hubiera preferido no saberlo nunca.

20

LAS HOJAS DEL CALENDARIO se fueron desprendiendo. Inicié el último trimestre del embarazo haciendo gala de una barriga considerable para mi baja estatura. Las tortas bañadas en cajeta le agregaron unos kilos extra a mis nuevas dimensiones.

Así como mi barriga creció, mi instinto maternal también afloró. La maternidad se convirtió en una de las etapas más maravillosas de mi vida hasta entonces. No me alcanzaba la imaginación para asimilar cómo es que otro ser se estaba gestando y creciendo por y dentro de mí, que existían dos corazones latiendo dentro de un mismo cuerpo. Me resultaba asombroso ver sus movimientos sobre mi piel, sentir cómo me empujaba para hacerse espacio en mi vientre, ese lugar tan pequeño que de manera mágica se iba haciendo cada vez más grande.

Fue impresionante cuando me realizaron el primer ultrasonido: escuchar los latidos de su corazón a toda velocidad, distinguir su silueta, descubrir el perfil de su rostro, observar cómo llevaba su manita a la altura de su boca. Que me dijeran que era una niña. ¡Una niña!

Ese día salí de la clínica flotando entre nubes, admiraba en silencio todo lo que se cruzaba en mi camino, sentía una dicha inquebrantable. Debí haber tenido a la mano un frasquito para guardar en él una pizca de aquella ilusión y poder usarla en momentos difíciles.

Tal estado hipnótico me animó a insistir en el asunto del matrimonio. Necesitaba ordenar mi vida. Mi hija merecía eso y mucho más. Al parecer, esta vez capté a Saúl en la misma frecuencia porque aceptó.

A partir de entonces, comencé a convivir con la versión más grosera de Saúl que había conocido. Intuía que era por la decisión de casarnos.

Un día fuimos a ver una película cuya función comenzaba una hora más tarde. Cuando eso sucedía, Saúl solía invitarme un helado o paseábamos por la plaza, pero esta vez nos quedamos sentados en una banca afuera del cine. Cuando intenté tomarle la mano él me soltó a la menor provocación. No mostraba ningún interés en mi plática ni en mí y estaba totalmente en otro lugar.

—Saúl, ¿te pasa algo? Estos últimos días te has portado muy extraño. Parece como si estuvieras enojado todo el tiempo.

—¿Yo?—. Señaló su pecho en señal de asombro.

—Sí, tú. Te has vuelto muy indiferente conmigo.

—¿Sí? Es que he estado muy ocupado —respondió con la mirada clavada en una chava muy linda que pasaba por ahí. Me chocaba cuando lo hacía. Él siempre se disculpaba diciendo que era difícil no reconocer a una mujer guapa cuando pasaba a su lado; realmente no le importaba si yo me daba cuenta o no, si eso me hacía sentir bien o no, pero yo ya estaba cansada y esa vez decidí no engancharme con ello. Tenía algo más importante que arreglar.

—Mmm, no te creo. A ti te pasa algo y no puedes negármelo. Te conozco.

—No me dan ganas de hacer nada, ni siquiera de hablar, eso es todo. Tengo derecho, ¿no? —me contestó molesto. Movía nerviosamente su pie: su talón se despegaba compulsivamente del suelo.

—¿Te fijas cómo me contestas? ¿Y sólo te pasa eso conmigo o también te irritas así con todos los demás? —Yo, al igual que él, seguía con la mirada a la chava linda que se quedó parada viendo unos zapatos en el aparador de una tienda.

—¡Ay, Julia, no hagas olas! Si te digo que no, no me vas a creer. Si te digo que sí, te vas a enojar. Si te digo no sé, también te vas a molestar. ¡Entonces, ya!, como sea, piensa lo que quieras, me da igual.

La molestia de Saúl iba en aumento, mostrando cero tolerancia. En otras ocasiones me hubiera abrazado, me hubiera tomado de la cara y me hubiera plantado un beso para que ya no siguiera hablando. Y mi tolerancia también brillaba por su ausencia

—No hace falta que le sigas porque enojada ya estoy, así que mejor dime la verdad de una buena vez.

—¿Ya ves? Ahora con qué me vas a salir. Mejor ya me voy. ¡Qué ganas de fastidiar, Julia!

—Pues sí, te voy a salir con mi cantaleta —me armé de valor y seguí—. Te aseguro que no pasará nada si me dices: «Julia, no me quiero casar contigo». ¡Demuéstrame que tienes pantalones y sé franco!

En el fondo guardaba la ilusión de que me desmintiera y me dijera que sólo era un momento, en lo que se acostumbraba a las desveladas de su trabajo. Pero tampoco quería seguir así, si iba a terminar algo, que fuera de una vez. Seguí insistiendo hasta que, con tirabuzón, logré hacerlo hablar.

—Por lo visto no me queda más remedio. Espero que no hagas más panchos y no lo malinterpretes, Julia. Tienes razón. No me quiero casar. Todos los días le doy vueltas a lo mismo para llegar al mismo pinche lado: no me quiero casar. Pero no es por ti. Yo quiero estar contigo, pero sin casarnos. Me dan ñáñaras nomás de escuchar la palabra «matrimonio». ¿A ti no?, ¿qué, tú no tienes miedo?

—No, yo estoy segura de lo que quiero.

Apenas si pude contestar, tenía un nudo en la garganta. Por supuesto que yo también estaba asustada, pero mi miedo no era por casarme, sino por seguir siendo madre soltera. No me atreví a confesárselo.

—¡Yo no! Yo no sé cómo le haces para estar tan segura. Me da miedo perder mis sueños. ¡Estoy muy joven! Todavía tengo muchos viajes por hacer, pero no contigo, sino solo. El matrimonio te ata, te limita. Julia, yo soy libre, me gusta hacer lo que se me pegue la regalada gana.

Una vez más el balde de agua fría me cubrió por completo. Fue como si me mandaran de pronto al Polo Norte y sin abrigo.

¿Por qué yo no podía ser tan franca como Saúl? Tenía ganas de decirle que ya no soportaba que mi madre no me hablara, que necesitaba que me abrazara fuerte, que no me soltara nunca, pasara lo que pasara; por el contrario, me tragué las lágrimas y con una firmeza que no sé de dónde saqué, le dije:

—Entonces no nos casaremos. Pero eso sí, Saúl, no esperes de mí grandes compromisos. De ahora en adelante yo pensaré qué hacer sola, ya que no cuento contigo. Si en algunas decisiones no te considero, no me lo vayas a tomar a mal, porque yo seré congruente para que tus sueños personales no se vean frustrados.

Con los ojos iluminados y la emoción característica de un niño complacido, me abrazó.

—No cabe duda, Julia, eres la mujer más chida y la mejor que he conocido en mi vida.

21

MUERTA DE MIEDO, empecé a comportarme como madre soltera. A Saúl no le gustó la idea. Extrañaba a la mujer pegajosa y al pendiente de cualquiera de sus movimientos.

Paralelamente, coincidió con que me dio una fuerte infección en la garganta que me tuvo en la cama una semana completa.

Saúl quería verme, pero mi madre no le permitiría la entrada y yo no estaba en condiciones de salir. No sé de dónde saqué la idea, pero le pedí que lo intentara. Quería forzar la situación para ver hasta dónde seguía mi madre siendo tan dura y, por otro lado, para comprobar si Saúl tenía el valor de enfrentarla.

Por la tarde llegó el médico. Mi madre lo llevó a mi habitación y se quedó mientras éste me revisaba.

—¿Conoces a alguien que te pueda inyectar, Julia?

Sin que me diera la oportunidad de hablar, mi madre contestó enseguida:

—Claro, doctor, mi mamá es enfermera. A la fecha, vienen algunos conocidos para que los inyecte. Usted no debe saberlo, porque está muy joven, pero mi mamá era muy conocida en el ISSSTE y en el Seguro. Era de las enfermeras buenas, de las de antes, pues, ya como ella, uuuy, no quedan, doctor.

—¡Perfecto! Es importante controlar la temperatura para que deje de toser, porque si no el esfuerzo le va a provocar contracciones y eso debemos evitarlo a toda costa, todavía le faltan varias semanas para llegar a término.

—Usted no se preocupe —continuó mi madre—, haremos todo lo que nos diga. Perdone que insista, pero ¿está muy joven, verdad, doctor?

Mi madre estaba de vuelta conmigo. Cuando íbamos a consulta, tenía la mala costumbre de no dejarme hablar; a cualquier pregunta de los médicos, ella contestaba quedando yo incapacitada para externar mis molestias.

Ese mismo día mi madre me subió una charola con comida a la habitación. Después de siete meses de aplicarme la ley del hielo, me dirigió la palabra. Yo me comporté de manera natural, sin mostrar asombro por su actitud, no fuera a ser que se arrepintiera.

Me dormí un rato y cuando desperté, Saúl estaba sentado a un lado mío. Físicamente, me sentía fatal, pero, emocionalmente, me sentía mejor que nunca.

Tiempo atrás había leído que las enfermedades son el reflejo de las necesidades emocionales. Por eso brotan cuando una situación no resuelta o traumática anda punzando en el corazón. Son una especie de alerta: cuando se es niño para atraer la atención de los padres y cuando se es adulto para revisar qué aspectos de la vida se han dejado inconclusos. Son jalones de oreja de parte de nuestro cuerpo sabio, que nos detiene en el aquí y ahora.

¿Para qué necesitaba enfermarme? Me enfermé justo cuando las dos personas que más necesitaba no me tomaban en cuenta: mi madre y Saúl.

Vaya casualidad que la zona afectada fuera mi garganta que, cansada de hablar y no sentirse escuchada, permitió ser invadida para cancelarse y gritar sin voz.

Fue entonces, cuando mi indiferencia y la infección en la garganta fueron más fuertes que mis intentos formales por construir una familia que Saúl se decidió: nos casaríamos lo más pronto posible.

22

ME CASÉ UNA SEMANA antes de que mi hija llegara al mundo.

De niña fantaseé un montón de veces con el día de mi boda. Me soñaba como una princesa saliendo de una iglesia y después bailando con mi príncipe azul, igual que en la escena final de *La bella durmiente*. Sólo que cuando llegué a la adolescencia, eliminé la parte de la iglesia, únicamente me casaría por la vía legal.

Sin embargo, conservaba la idea de usar un vestido blanco, largo y esponjoso. De sólo imaginar el momento de entrar por el pasillo tomada del brazo de mi padre, mientras los invitados nos miraban con cara de ternura, se me ponía la piel de gallina. Despacio, sin prisas, como si la vida fuera así de sencilla. Pero como la mía no lo era, además de borrar de la lista otros tantos sueños (estudiar en España, vivir sola en un departamento, conocer la India y Grecia, dormir hasta tarde los sábados y domingos), tuve que hacer ciertos ajustes: estrenaría algo sencillo y bonito. Lástima que el dinero no me alcanzaba para comprarme ni un pañuelo. Lo que llegaba a mis manos, que era la mesada que me daba mi madre para ir a la universidad, la estiraba de tal forma que los pocos pesos que sobraban iban a parar a un cochinito destinado exclusivamente para mi hija.

Me tuve que conformar con un blusón blanco de maternidad y unos pantalones color azul claro, un poco gastados debido a la frecuencia con la que los usaba, porque ya no me quedaba mi ropa: mi panza era voluminosa, así como mis brazos, mis piernas, mis mejillas. ¡Era un perfecto círculo con pies!

Tardé horas emperifollándome a propósito, aunque en realidad haría lo mismo de siempre: bañarme, vestirme, peinarme, pintar una rayita con delineador en mis párpados y listo. Pero ese día: ¡me casaría! Mi único cómplice fue el espejo, cuyo reflejo me devolvía a una mujer llena de ilusiones que no paraba de soltar risitas de emoción.

Saúl iría por mí para llegar juntos al Registro Civil. Me daba pánico que me dejara plantada. El timbre de la casa sonó quince minutos antes de las once, hora en que se celebraría la boda; llegó acompañado de Fito y Mauricio, los dos amigos que serían sus testigos.

Cuando abrí la puerta me quedé con ganas de estampársela en la nariz. La facha que portaba era imperdonable. Se veía como adolescente de catorce años a punto de salir a patinar con sus amigos de la cuadra. Llevaba unos pantalones de pana holgados, color camello, unos tenis Vans azul marino con rayas blancas, una playera verde limón, un gorro tejido color café ladrillo y un collar de barro largo que un amigo de él me regaló porque, precisamente, era de mujer y no de hombre. Podía soportar todo el atuendo, menos el sombrerito y el collar, ¡se veía ridículo!

Subí al coche y, para mis pulgas, Fito y Mauricio estaban vestidos igual o peor. De Fito no me asombró porque siempre se vestía fachoso, pero de Mauricio sí porque era un fresita que siempre salía a todas partes muy propio para las ocasiones. Los dos llevaban puestos unos pantalones de mezclilla desgastados con una playera blanca, de esas Hanes que se ponen los hombres debajo de las camisas de vestir. Nos sentamos en la parte trasera y Saúl me preguntó asombrado:

—¡Ay, chaparra!, ¿por qué te arreglaste tanto, a dónde vas?—. Me pasó un brazo por detrás de la espalda como para que me recargara en su pecho.

—¡A casarme, Saúl!, ¿cómo que a dónde voy?, ¿y tú?

—Julia, de antemano, una disculpa — intervino, Mauricio—. Tú sabes que yo no me hubiera vestido así, pero en la mañana que hablé con Saúl me dijo que no me pusiera nada formal; es más, que como si lo fuera a ayudar a mudarse de casa. ¿Sí o no, Saúl?

Antes de darle oportunidad de contestar, le eché una mirada fulminante a Saúl y le dije:

—Ya mejor ni le contestes. Nomás porque ya es muy tarde, si no, pasaríamos a tu casa para que te pusieras algo decente, ya ni siquiera formal.

Todos se rieron. Saúl, verdaderamente extrañado por mi comentario, me dijo:

—Pero, ¿por qué te pones así? Yo me siento a todo dar como ando vestido, ¿por qué las bodas tienen que ser siempre iguales? Todos bien vestiditos, ¡qué flojera! Me choca la formalidad. ¡Hay que ser únicos, atreverse a nuevas cosas!

—Haberlo dicho antes, Saúl. ¡Así pude haberme venido descalza como Jenny en *Forrest Gump*!, pero resulta que mi boda no será en el jardín de una casa, sino que iré, como mucha gente acostumbra, a celebrar una boda «igual que todas» al Registro Civil.

Una vez más todos rieron, esta vez yo también me sumé.

Intenté negociar parte del atuendo que tenía remedio.

—Por favor, Saúl, por lo menos, quítate el sombrero y el collar, ándale, ¿sí? No se te ven bien.

—No, es lo que más me gusta, ¿qué te pasa?—. Lo miré con mis ojos de advertencia—. Está bien. Sólo durante la boda me quitaré el sombrero, pero el collar nunca.

Las bodas anteriores se retrasaron. Saúl debía ir a una oficina a revisar algunos documentos de rutina, pero no dejaba de brincar de un lado a otro y de apachurrar el sombrero entre sus manos. De vez en cuando emitía unos sonidos extraños, parecidos a un gritito mudo. Le pregunté sin querer, muy quedito:

—Saúl, en verdad, ¿te quieres casar?

—Sí, chaparra, pero me tiemblan las piernas, no las puedo controlar, mira—. Y me señalaba con sus manos también temblorosas—. Estoy muy nervioso, ¿qué, tú no?

Suspiré. Al menos su respuesta fue espontánea y sincera.

Decidí ser yo la que iría a la oficina. Mauricio me acompañó. Revisamos que los nombres de los inmiscuidos en nuestra nueva empresa estuvieran bien escritos. Se equivocaron en el orden de los testigos: los míos serían los de Saúl y viceversa, pero concluimos que eso no representaba un problema y lo dejamos así.

Entramos a una sala muy alta y espaciosa que tenía un balcón que daba a la calle. La decoración se resumía en fotos de los presidentes de México colgadas en las paredes, un escritorio en la parte del frente y muchas sillas, austeras y nada elegantes. Parecía Registro Civil de pueblo, uno al que la modernidad nunca ha visitado.

En tanto llegaba la jueza, Saúl no apartaba la vista de la foto de Zedillo, mis amigos esperaban sentados, Fito echaba un vistazo a la calle desde el balcón y yo no podía dejar de observarnos. Todos teníamos actitud de estudiantes de preparatoria matando el tiempo mientras llega su profesor; hasta la apariencia de escuincles iba a tono.

La jueza era una mujer de complexión robusta y alta. Vestía de color verde limón, llevaba el pelo corto y oscuro. Su personalidad se presumía fuerte. Ella, en su papel, entró con mucha sobriedad, como lo dictaba la ocasión. Otra persona que se le adelantó (¡podría jurar que hasta en el Registro Civil cuentan con Departamento de Protocolo!) nos acomodó de pie frente al escritorio asignándonos nuestros respectivos lugares. En cuanto pidió que los testigos de la novia se colocaran a su lado y los del novio con el novio, se armó un relajo por aquello del error que ya sabíamos, pero que no recordamos en ese momento.

Tal confusión no fue del agrado de la jueza que nos echó una mirada aplacadora; entonces tomamos una postura seria, aunque esa actitud duró sólo unos segundos, porque enseguida la jueza comenzó a hablar.

¡Quién diría que detrás de todo ese armazón de cuerpo se escondía una voz tan chillona que pecaba de infantil! Eso sí, combinaba perfecto con su atuendo verde limón. Me aguanté la risa entre los labios. No podía escuchar, ni concentrarme en lo que decía, sólo en el tono de su voz. Cuando empezó a leer los nombres de los testigos, confundió Garrido con Gordillo.

Era el apellido de Vicky, mi amiga de la preparatoria que permanentemente estaba preocupada por su peso. Con eso bastó para que yo dejara escapar la carcajada y no sólo eso, también un chorrito de pipí, lo que me obligó a sentarme y pararme repentinamente para evitar que se me saliera completita. Contagié a los demás, los cuales fueron más discretos pero sin pasar desapercibidos. Los ojos de la jueza se agrandaron al tiempo que se ponía colorada. Me declamó un sermón acerca del compromiso que conlleva el matrimonio, el cual no era un juego, mucho menos en el estado de gravidez en el que me encontraba; exclamó que debía madurar, tomarme la vida en serio, que ya era toda una mujercita y no una niña, por si todavía no me había percatado de ello. Se comenzó a lamentar por vivir entre «esta juventud descarrilada».

Me sentí tan humillada que me puse más seria que la propia jueza y empecé a poner suma atención a lo que nos leía.

...el hombre cuyas dotes sexuales son principalmente el valor y la fuerza, debe dar y dará a la mujer: protección, alimento y dirección... La mujer, cuyas principales dotes son la abnegación, la belleza, la compasión, la perspicacia y la ternura debe dar y dará al marido: obediencia, agrado, asistencia... tratándole siempre con la veneración que se debe.

¡No, no!, ¿qué era eso? Hubiera preferido que mi mente vagara por otros rumbos para no haberla escuchado nítidamente.

De haber conocido con anterioridad la epístola de Melchor Ocampo que repasan en las bodas civiles, hubiera rogado que no leyeran tanto anacronismo en tan poco tiempo.

Ya no sabía si mi enojo era por la vestimenta de Saúl, por el regaño de la jueza, por la carta del ilustre jurista, porque tenía unas enormes ganas de ir al baño o por una mezcla de todo lo anterior.

La carta de Melchor Ocampo del siglo XIX no está acorde con nuestros tiempos. Pero, ¿de qué me quejaba? Todavía estaba vigente en mi propia vida, en mi propia preocupación por perseguir a Saúl, por servirle y agradarle. Todavía estaba vigente en la preocupación de mi madre por el pundonor y la honra. Quizá la diferencia es que Melchor Ocampo la escribió con adecuados eufemismos en una época en la que las mujeres se complacían abiertamente con tales adjetivos.

Ahora comprendía eso de que «te toque, lo que te toque, tú siempre debes mantenerte al pie del cañón, pronta y lista para aguantar cualquier trote». Precisamente así estaría yo: obediente, abnegada, dando asistencia a mi marido por un buen tiempo.

Lo único que deseaba era que terminara mi mentada boda, pero llegó el momento en que la jueza pidió:

—El novio debe poner la mano en la cintura de la novia, por favor.

Saúl no tardó en decir, con su tonito de albañil:

—Uuuuy, pero ¿cuál cintura?, que no ve lo gorda que está. La cintura ya me la quitaron y eso que todavía no me caso.

Nunca antes había sentido tanta pena ajena. De pronto, sentí un coraje que se mezcló con el que me originó el sermón de la jueza. ¡Era clarísimo!

La mayoría de las actitudes de Saúl, gran parte de su vocabulario y la manera de expresarlo, la forma peculiar de vestirse, incluso su forma de andar me daban pena ajena. Y yo me estaba casando con ese hombre que me daba pena ajena.

Mis pensamientos se esfumaron cuando empecé a sentir cómo Saúl se iba recargando poco a poco sobre mí. Lo empujé para que se enderezara, pero no tardaba ni un segundo en volver a recargarse. Lo que sucedía es que estaba mareado, pero afortunadamente no pasó a mayores, era obvio que yo no aguantaría su peso.

Después de tantos contratiempos, risas, nervios, sermones, chorritos de pipí y mareos, la boda terminó. La jueza se despidió obviamente sin felicitarnos. Entró otra persona para recabar nuestras firmas. Saúl no dejó de decir vulgaridades. Cuando nos especificó en qué lugar debería firmar cada quien, Saúl recapituló: «entonces, yo firmo aquí y mi ranfla acá, ¿verdad?». El hombre tampoco pudo contener la carcajada. Todos firmamos y salimos por otra puerta. En cuanto la abrimos, ya nos esperaban un montón de fotógrafos que, con sólo vernos la facha, desaparecieron como por arte de magia.

Salimos de ahí para dar vueltas por las calles en un coche, tomando cerveza y comiendo papitas. De pronto, Saúl me dijo:

—¡Quédate a dormir conmigo esta noche! —mientras me daba pequeños besos en la mejilla.

—No creo que a mi mamá le guste la idea, Saúl.

—¿Y por qué fregados le tiene que gustar la idea a tu mamá?

El tono que usó sólo me hizo sentir más pequeña de lo que ya estaba, y continuó:

—¿No se supone que ya eres mi esposa? Entonces, ¿por qué tienes que seguir pidiéndole permiso? Lo que pasa es que no quieres.

Se le olvidaba el pequeño detalle de que yo seguía viviendo en casa de mis padres y que dependía de ellos en todos los sentidos. En cuanto terminó de desafiarme, nos paramos en una tiendita de la esquina para hablar por teléfono.

—¿Mamá?

—¿Dónde estás, Julia?, ¿por qué no has llegado a la casa en todo el día?

—Estoy con Saúl y unos amigos. ¿Me darías permiso de ir a una fiesta a Pátzcuaro? Como es en la noche, todos nos quedaremos allá, en casa de un amigo.

—¡No, Julia! No empieces.

—Ándale, mamá, ¡por favor!

—¡No y no!

—Mamá, llego temprano, ¿sí?

—No empieces de necia, te he dicho que no, Julia, entiende. Te quiero ver ahora mismo en la casa.

—¡Por favooooor!

Parado enfrente de mí, Saúl no dejaba de gesticular y manotear. Cambié el tono de mi voz:

—Mamá, discúlpame pero llegaré hasta mañana. Te aviso para que no te preocupes. Por cierto, ya me casé.

—¿Te casaste?

Silencio.

—¿Por qué no me dijiste, Julia?—. La voz de mi madre se quebró—. Debiste avisarme. Me hubiera gustado acompañarte, pero respeto que lo hayas hecho a tu manera. Lo importante es que ya estás casada.

Colgué. La tristeza ya no resistió un minuto más.

El día de mi boda había sido un apocalipsis. Cada quién pensando sólo en sí mismo. Saúl en los sueños que dejaría ahora que se casaba; mi madre, feliz porque ya no le daría vergüenza decir que su hija menor era madre soltera. Y yo tomando decisiones precipitadas y absurdas originadas por el temor, por la dependencia, por la profunda necesidad de reconocimiento.

Esa misma noche empecé a sentir mis primeras contracciones. Saúl se paró de la cama y sin preguntarme nada, se hincó en el suelo y se puso a rezar.

23

SARA NACERÍA A TRAVÉS de una cesárea. Así me lo informó el médico. Aparentemente era muy pequeña con relación a los días de gestación. Podía ser porque ella fuera así (con una madre de baja estatura como yo, para qué molestarse en pensar en algún problema) o por un leve retraso en el crecimiento a causa del tabaco que fumé durante el embarazo. A partir de ese momento abandoné el vicio por completo.

Los bebés que presentan dicho retraso suelen no resistir el proceso que implica un parto vaginal, por lo tanto es preferible practicar una cesárea para no arriesgar su vida. Además mi placenta ya estaba madura por lo que no estaba produciendo líquido amniótico. Razones de peso para programar la cesárea a más tardar en dos días.

Me miré embarazada en el espejo por última vez. Cerré los ojos para guardar en mi memoria el recuerdo de Sara en mi cuerpo. Al fin esa mañana la conocería.

Saúl era una sonaja que difundía su sonido por donde caminaba. Le desesperaba que yo estuviera tan tranquila, pero yo no quería sentir emoción alguna, no todavía. Más bien empecé a preocuparme porque, durante el trayecto al hospital, Saúl quitaba las manos del volante para llevárselas a la cabeza reiteradamente.

El quirófano relucía de blanco, tanto que no podía observar a detalle cómo era. Me acosté en una plancha y me pidieron que me pusiera en posición fetal para anestesiarme. Empecé a respirar profundamente para vencer los nervios que ya empezaban a traicionarme, además, como los tenía reprimidos, salieron vertiginosamente, sin dosificación alguna.

Mientras el anestesiólogo me ordenaba que me hiciera «más bolita», una señora que apareció de la nada empezó a decirme:

—Yo soy la pediatra que recibirá a tu bebé. A ver, linda, cuéntame, ¿qué drogas consumiste durante el embarazo?

—¿Perdón?—. ¿Qué clase de pregunta era ésa?, pensé.

—Necesito saber qué tipo de drogas usaste mientras estabas embarazada.

¡Bueno!, mi «¿perdón?», no era porque no hubiera escuchado, caray, si desde la primera vez comprendí, pero no asimilaba a qué venía esa pregunta, más con carácter de afirmación que de interrogación.

No supe a quién hacerle caso. Según yo, más bolita no podía estar. Me preocupaba no mantener la posición correcta, sobre todo porque se trataba de la tan temida raquia. Estaba sumamente advertida acerca de no moverme ni un milímetro mientras me aplicaban la anestesia, porque según me habían dicho podía quedar inválida, por lo que no me podía dar el lujo ni siquiera de gesticular. Por otro lado, intentaba comprender la razón de semejantes preguntas por parte de la pediatra. Mi tensión era tal que no sabía si contestarle a la doctora o decirle que por favor respetara ese momento trascendental en mi vida, que no fuera desconsiderada. Pero lo único que salió de mi boca, casi cerrada, fue otra vez un:

—¿Perdón? Es que no le escuché bien, estoy algo nerviosa, usted sabe.

—¡Claro, linda! Es normal, no te preocupes, te pregunté por la clase de drogas que consumiste durante el embarazo. Sólo es mera rutina, necesito darme una idea de cómo viene tu bebé para estar prevenida.

Con toda la pena del mundo y la preocupación respecto a las consecuencias negativas posibles todavía no conocidas, le contesté una vez más en voz baja:

—La verdad es que fumé.

—¿Marihuana?

¡Marihuana! ¿De dónde había salido esta pediatra? A pesar de mi asombro, hice un esfuerzo por seguir inmóvil al contestar.

—No, doctora, ¿cómo cree? Fumé tabaco, a razón de uno por mes, pero nada durante los últimos dos. ¿Usted cree que mi bebé tenga algún problema?

Los ojos de la pediatra suspiraron, se echó para atrás aliviada.

—Disculpa, estoy acostumbrada a atender casos de recién nacidos con problemas de adicción, pero éste no será el tuyo. No te preocupes, ya verás como todo saldrá bien. Tú relájate.

¡Exacto!, eso era lo que pretendía hacer cuando llegó la doctora a desconcentrarme con todo ese asunto de las drogas.

Me introdujeron una aguja fría en alguno de mis huesos de la espalda. No sentí dolor, pero sí una ligera molestia. En un dos por tres, me aplicaron la anestesia.

La experiencia que viví con la cesárea fue dolorosa a diferencia de lo que otras mujeres me habían contado. Es cierto que la anestesia quita el dolor, pero no las sensaciones, las cuales transportaron mi mente hacia sitios desagradables. El imaginar que un bisturí me cortaba la piel y que de pronto todo se bañaba de sangre, me erizó la piel. Mirar el techo, toparme con una lámpara en donde se reflejaba lo que me hacían para descubrir que, efectivamente, todo se veía rojo por aquella zona, me hizo marearme.

Durante las revisiones mensuales, le pedía al ginecólogo que me explicara con detalle cada paso. Por ello, empezó a decirme:

—Esto que sientes es porque estoy empezando a abrir piel. Después seguiré cortando otra capa que...

—Doc, doc, esta vez no me cuente nada. ¿Por qué no mejor me platica de sus hijos o de su deporte favorito? Los quirófanos deberían tener bocinas para escuchar música relajante, como ésa que me pone Lety, de la terapia curativa china, con pajaritos y olas de mar chocando entre rocas, muy *new age*.

—¡Ay, Julia! No te preocupes, todo saldrá bien.

Repentinamente sentí unas náuseas espantosas. El anestesiólogo me explicó que era una reacción normal, pero que debía evitarla, que respirara profundo y que si no aguantaba más, girara hacia mi lado derecho y, ni modo, vomitara. Llevé aire a mis pulmones una y otra vez hasta que me vi en la necesidad de voltear. A mi costado estaba ya dispuesta una vasija para depositar la anestesia que me habían colocado, pero había sido una falsa alarma. De hecho tuve alrededor de cinco falsas alarmas. A la sexta, el médico ya no me escuchó.

Comenzaron a restregarme todo el cuerpo, parecía que estaban volviendo a hacer mi estómago con todo y vísceras. Levantaron tanto mi piel que creí que reventaría como globo inflado. En eso, sentí una presión inmensa. ¡Estaba naciendo mi hija!

El dolor era agudo, me aconsejaron que abriera la boca lo más grande posible para mitigar las molestias. Lentamente percibí cómo iba saliendo cada una de las partes de su cuerpo. La escuché llorar y también yo empecé a llorar. La acercaron a mí, las lágrimas se intensificaron, todos mis sentidos punzaron tanto que olvidé dónde estaba. Fue como si el tiempo se congelara por fracciones de segundo, que para mí fueron eternamente dulces.

Sólo tenía ojos para admirar a Sara, conocer su cuerpo frágil y tierno. Fue un milagro de la naturaleza y yo había estado ahí para vivirlo intensamente, para ser el testigo fiel de su nacimiento. Sara llegó al mundo gracias a mí. Nunca olvidaré su cara, aún llena de grasita. ¡Era tan bella!

No quería que la alejaran de mí ni por un segundo, pero debían bañarla y practicarle los exámenes de rutina.

El anestesiólogo me sugirió que si quería tenerla en mis brazos en poco tiempo, mejor parara de llorar, porque si no me tendría que aplicar más anestesia. En cuanto terminó de hablar, mi lagrimal ya estaba cerrado, comportándose a la altura. Lo único que deseaba era levantarme de la plancha para salir corriendo a llenar de besos a mi hija.

Mientras yo experimentaba el momento más memorable de mi vida, físicamente me estaban dando una buena paliza al acomodar tripas, órganos y demás; pero la verdad ni cuenta me di de ello. Recobré la consciencia de la operación cuando me estaban cosiendo las últimas capas de piel. Fue entonces cuando detecté la preocupación del ginecólogo, porque movía la cabeza de un lado a otro. Ahí fue cuando empecé a sentir dolor, pero el anestesiólogo me pidió que aguantara, porque ya faltaba poco.

Cuando comenzaron a coser la última capa de piel, notaron que faltaba una gasa. Las enfermeras se pusieron a buscar desesperadamente, porque en caso de que se hubiera quedado adentro, tendrían que abrirme de nuevo. Mientras tanto, el efecto de la anestesia había terminado.

¡Me estaban cosiendo sin anestesia!

Cuando escuché que habían acabado fui la mujer más traqueteada pero feliz del mundo.

24

¡QUÉ IMPORTANTE es el momento en el que llegamos al mundo! Es ahí donde se establece el primer vínculo madre e hijo, aunque, en realidad, éste comienza desde el embarazo.

Claro que cuando nació Sara yo no era consciente de la gran importancia de ese primer contacto como seres diferentes y separados. Me percaté de ello hasta que en una sesión de terapia reviví mi propio nacimiento.

Pocas veces lograba contactar con mis experiencias pasadas porque la pose de mujer racional me lo impedía, pero una tarde fluí sin oponer resistencia. Lorena, la terapeuta, me situó en la barriga de mi madre.

Según tal ejercicio, mi madre vivió mi embarazo como una carga pesada. Yo representaba la quinta hija. ¡Cinco hijos ya eran demasiados! Por si fuera poco, mi madre acababa de librar una batalla de infidelidad con mi padre que la había dejado exhausta.

Lorena me preguntaba con ternura:

—¿Cómo se siente esa bebé allá adentro?

—Todo es muy denso. Siento que debo ser flaca para no pesarle a mi mamá que ya bastante tiene con lo que hay afuera —contesté con los ojos cerrados y el ceño fruncido.

Al llegar el momento de las contracciones, yo salí fácilmente, sin que me costara ningún esfuerzo físico y, en consecuencia, tampoco a mi madre.

Lorena, que hacía las veces de mi madre, me acogió con mucho amor, me hablaba cariñosamente, pero yo la paré en seco, porque no sentía que realmente la experiencia hubiera sido así.

Yo no recordaba una bienvenida maternal. Ni siquiera una voz familiar que me invitara a sentirme en casa.

La conclusión a la que llegué fue que nací ligera para pasar desapercibida y así permanecí hasta que me harté del olvido maternal. Fue entonces que apareció una Julia diferente: la versión subversiva.

Lorena me aconsejó que no indagara cómo había nacido hasta que avanzara en mi proceso terapéutico. Sin embargo, lo primero que hice la siguiente vez que visité a mi madre fue pedirle que me contara la historia de mi nacimiento.

—¡Uy, Julia!, cuando tú naciste fue una época muy triste para mí.

Mi madre buscaba en el techo el recuerdo de aquellos días. Yo permanecí callada, escuchando con toda atención para no perder detalle.

—El día en que naciste se celebró el velorio de mi primo Benjamín, él era mi mejor amigo. Falleció un día antes. Le diagnosticaron tardíamente meningitis, una enfermedad letal.

Mi madre hizo un gesto de tener frío y se frotó los brazos.

—Cuando llevé a tus hermanos a la escuela empecé a sentir las primeras contracciones. Le pedí a mamá Lola que no fuera al entierro porque presentía que nacerías en cualquier momento, pero ella pensó que el trabajo de parto sería más largo. Cosa curiosa porque mamá Lola era muy buena para eso, pero es que tu parto fue muy extraño. Recogí a tus hermanos y los dejé en la casa. Mamá Lola no llegaba y yo seguía con el presentimiento de que tú nacerías en cualquier momento, aunque ni dolor sentía. Mejor me fui al Seguro Social. Enseguida me pusieron un tranquilizante porque estaba nerviosa, pero es que yo estaba muy triste. Me quedé dormida y cuando desperté, tú ya habías nacido. Todavía le pregunté a una enfermera que cuántos centímetros tenía de dilatación y me contestó sonriendo: «pero si su bebé ya nació: ¡es una niña! En un rato más se la traigo para que le dé de comer».

Me quedé sin aliento. La tristeza que se coló durante mi ejercicio terapéutico se materializó al instante para incrustarse en mis huesos.

Las circunstancias intervinieron. Algunos le llaman destino. Si Benjamín no hubiera muerto, otra versión de mi nacimiento se contaría y quizá otra versión de Julia sería. El estado de ánimo de mi madre no hubiera requerido sedantes, por lo tanto, no se hubiera quedado dormida y me habría recibido con su calor de madre. Pero yo quería nacer ese día y Benjamín morir un día antes.

2 5

LAS VISITAS EMPEZARON a llenar la amplia habitación que ahora parecía mercado. El calor era sofocante. Saúl no se cansaba de explicar lo sucedido en el quirófano. Entre tanto instrumento, aparato y personal, se quedó en la puerta sin moverse por miedo a tirar algo. Tal posición lo obligó a observar la operación de frente, y por eso quedó aún más impresionado.

Me encantaba cuando relataba la parte en la que cortó el cordón umbilical. Con sus manos grandes dibujaba la forma tan delicada con la que tomó las tijeras y, con los nervios a flor de piel, dio el chasquido que terminó por traer a Sara a este mundo.

Esa misma tarde pretendí amamantar a Sara, pero no fue tan sencillo como yo veía que lo hacían mis hermanas con mis sobrinos. Decidí intentarlo en otro momento, ya descansada y sin tantas mironas, que sólo me estresaban con tanto consejo no pedido.

Pasé una noche intolerable. No me moví de posición ni un milímetro por temor a jalar el suero o fastidiarme la herida, a pesar de los chorros de sudor que me escurrían por la espalda debido al incómodo colchón de plástico de la cama y a los insoportables entuertos. Así les llaman, de manera coloquial, a los movimientos que de forma natural regresan la matriz a su tamaño original.

Por fin amaneció.

Mis padres llegaron y Saúl aprovechó para ir a su casa a bañarse y cambiarse de ropa.

El dolor de los famosos entuertos desapareció, entonces pude relajarme, pero entré en pánico cuando una enfermera me dijo:

—¡Buenos días!, ¿cómo amaneció? En cuanto acabe de desayunar, se levanta a caminar, eh, sin pretextos...

Yo sentía que la herida se me abría de par en par con sólo girar la cabeza, además continuaba con la sensación de que me habían restregado el vientre en un fregadero.

Pasé mucho tiempo sentada en la cama porque sentía que todo alrededor me daba vueltas, hasta que poco a poco logré ponerme en pie. Por más que intentaba lograr una postura erguida no la alcanzaba, me dolía estirar los músculos del abdomen; me veía como una anciana al caminar. Apenas logré dar tres pasos con la espalda al descubierto por las batas típicas de los hospitales, cuando se cayó la toalla sanitaria que llevaba entre las piernas, justo cuando pasé a un lado de mi padre. Él, con todo y su probable asco, me ayudó a levantarla para ponerla en su lugar. Al ver aquello tan escandaloso, me dieron unas ganas inmensas de bañarme.

La enfermera me ayudó a llegar a la regadera. Me quitó las vendas que sostenían mi estómago. En cuanto la piel se desparramó hacia adelante, no pude sino recargarme sobre la pared, sentía que me desvanecía.

No comprendo por qué los libros sobre maternidad no contemplan un capítulo dedicado a los dos días siguientes al parto, en el que cuenten todos esos vericuetos sobre cómo levantarte de la cama, bañarte y soportar el gran desequilibrio que genera el descontrol del peso.

En cuestión de horas se pierden muchos kilos y el cuerpo necesita su tiempo para asimilar los cambios.

Más que darme un baño, terminé mojándome, porque no lograba sostener la esponja, mucho menos coordinar mis manos. No tuve el valor de verme el vientre. Lo único que quería era salir de ahí para que me pusieran las vendas, que fungían como faja. Como pude me puse presentable.

Poco a poco desfilaron familiares y amigos.

—¡Qué linda está tu bebé! Mira, qué ternurita —me decía una tía.

—Verdad que sí. Yo no me canso de admirarla.

—Sí, porque la mayoría de los recién nacidos salen con la cara hinchada. ¿Y qué fue: cesárea o normal?

Como si los partos quirúrgicos fueran anormales.

—Cesárea.

—¡Por eso no salió apachurrada! No te vayas a sentir mal porque no pudiste tenerla natural, consuélate con el hecho de que son más prácticas las cesáreas. De todos modos una mujer es mujer aunque no haya parido; no permitas que te hagan sentir mal por eso.

Gracias por el consejo, justo ahora lo necesito, pensé.

—La recuperación es más lenta, pero no te cortan allá abajo como si fueras pollo. ¡Sí!, exacto esa cara que hiciste dice perfecto cómo se siente cuando te hacen eso. ¿Y piensas darle de comer tú?

—Sí, sólo que...

—¡Ay, qué bueno!, porque las muchachas de ahora con tal de que los pechos no se les cuelguen inventan mil pretextos: que al niño le dio asco, que se les agrietaron los pezones, que la fiebre era imparable, que se les fue la leche. ¡Tápate bien la cabeza para que no te entre aire en la espalda y se te vaya! Al principio cuesta trabajo la amamantada, porque duele mucho, pero después ya no. Además es una lata andar mojando la ropa a cada rato y el olor... ¡Uf!, no sabes qué feo huele la leche impregnada en tu ropa, pero te acostumbras.

—Me imagino. Muchas gracias por...

—Se parece a ti, bueno, no. Sabes qué, se parece al papá de Saúl, pero en bonita, claro. Aunque en unos días va a cambiar, así que no le hagas caso a los que te digan a quién se parece.

—Sí, eso me dicen, que se...

—Bueno, ahora a pegarle duro, porque criar hijos es una reverenda friega. Vete acostumbrando a las desveladas y a olvidarte de ti. En cuanto se duermen, piensas que podrás dedicarte a tus cosas, pero nomás te descuidas tantito y otra vez están llorando; que ensució el pañal, que tiene cólico, que ya regurgitó, que se quedó con hambre, pero todo el esfuerzo vale la pena. Estaremos al pendiente para lo que se te ofrezca.

Lo único que se me ofrecía era disfrutar a Sara junto a Saúl y olvidarme del barullo; a pesar de que la mayoría eran personas cercanas, no dejaban de ser ajenos a un momento tan íntimo. Pero, de todas maneras, Saúl no estaba, llegó hasta en la noche con su amigo Armando más unas cervezas que metió de contrabando a la habitación.

A partir del embarazo, Saúl y yo habitábamos en mundos totalmente diferentes. Siempre tan desconectados el uno del otro.

El día en que nos dieron de alta, Saúl prometió regresar para llevarnos a la casa, pero nunca volvió.

Nos fuimos con mis padres, pero antes hicimos una parada obligatoria en el Templo de San Diego, a solicitud de mi madre, para presentar a Sara ante la Virgen.

Yo no me bajé del coche, no necesitaba presentarle a mi hija a ninguna imagen religiosa. Lo que sí me urgía era un espacio en el que nadie fuera testigo de mi desilusión, ni siquiera Sara.

Saúl apareció hasta en la noche ahogado de borracho. La excusa: se convirtió en padre, entonces mi suegra lo festejó con una comida en su casa. ¡Vaya ocurrencia!

Saúl y yo habíamos acordado que, durante la cuarentena, él se mudaría conmigo, pero esa noche yo no lo quería en mi habitación. ¿Para qué querría a un borracho tirado en mi cama, si yo tenía una herida abdominal y a Sara demandando toda mi atención? Le pedí que regresara al día siguiente, cuando estuviera sobrio.

Esa abrupta despedida bastó para que no se quedara ni un solo día y para que tuviera el pretexto idóneo que justificara su ausencia.

26

En los primeros días de la vida de Sara, descubrí que cuando se es madre, se disfruta de la única dependencia sana, amorosa y grata que existe.

Mi madre se convirtió en una segunda madre para Sara. Pidió vacaciones en el trabajo para concentrar todo su tiempo y atención en ayudarme en lo que necesitara, casi amamantábamos juntas.

Cada tres horas, Sara despertaba puntual como reloj para comer, y en ello duraba una hora. Así que aprovechaba para desayunar, comer o cenar yo también, a sugerencia de mi abuela, que me aleccionó en cada momento, haciendo que la maternidad fuera disfrutable y nada angustiante.

Si Sara lloraba de súbito, mamá Lola la cargaba en brazos, le daba unos ligeros golpecitos en la espalda para que emitiera un pequeño eructo y se quedara dormida otra vez.

En cuanto salía de bañarme, mamá Lola ya me esperaba en la habitación con las vendas preparadas para fajarme el abdomen.

—¿Y si hoy no me pones la venda? —suplicaba harta de sentirme estrujada y desnalgada, porque también se apretaba aquella zona.

—No estés de quejumbrosa, ¡acuéstate! ¿O quieres andar como esas mujeres que traen las carnes colgando, como si todavía trajeran al niño adentro?

Y como me daba pavor quedar así, aguanté los tres meses siguientes fajada sin volver a chistar, comiendo pollo cocido con verduras, a pesar de que me moría de ganas de algo frito.

Mientras las sugerencias de mamá Lola se encaminaban a que mi cuerpo regresara a sus dimensiones de antaño, yo intentaba acomodar un enjambre de sentimientos que no paraban de revolotear.

Era imposible evitar cuestionarme acerca de cuál era el rol de Saúl en la vida de Sara y en la mía, pero las respuestas que se esbozaban en mi cabeza no me gustaban y las espantaba como moscas. Terminé por convencerme de que Sara tenía un padre ausente, no porque él lo quisiera o lo hubiera elegido de esa manera, sino por las circunstancias.

Nuestro matrimonio no era tal. No lograba concluir qué éramos, porque aunque de manera separada me quedaba claro, al momento de pensarnos juntos se me desbarataba toda respuesta.

No sé si la depresión que viví fue depresión postparto o más bien postcasamiento. Por un lado era la heroína madre de Sara y por otro la peor mujer esposa del mundo, es más, ni siquiera me podía suponer como esposa, como novia, ni como pareja.

Por salud mental debía hacer algo con mi vida.

Concluí que si compartía con Saúl el cuidado de Sara, dejaría de sentirme en una posición injusta y él comprendería la gran labor que implica ser padre. Una vez más le pedí que se mudara con nosotras.

—¡Jamás voy a permitir que vivamos en casa de tus papás! —me dijo molesto.

—¿Qué tiene eso de malo?

—No debe ser así. Cuando uno se casa, debe vivir en su propia casa, no en la de sus papás. ¡El casado casa quiere!

—Te recuerdo que primero se casa uno y después llegan los bebés, no al revés. No debe ser así, pero así es.

—¡Con mayor razón no sigamos haciendo las cosas como no deben ser!

—¡Qué cómodo eres, Saúl! Deja el orgullo a un lado, ése es el único motivo que te impide vivir con nosotras. Necesitas convivir con Sara, te estás perdiendo tiempo valioso que nunca regresará.

—Eso no es cierto. Yo nunca me sentiré a gusto en casa de tus papás, lo sabes bien. Viviremos juntos hasta que yo pueda ofrecerles un lugar, mientras no. Ya hemos hablado de esto un montón de veces. No tiene nada que ver con ser orgulloso.

—¿Entonces que Sara se pierda de estar con su papá? —concluí molesta.

—¿Por qué perderme? Si ni cuenta se da si estoy o no, Julia.

—¡Claro que se da cuenta!

—¡Sólo es una bebé! ¡No sabe!—. Saúl me veía como si yo estuviera chiflada.

—¡Claro que sabe!

—Aun si lo sabe, ¿tú crees que se va acordar más adelante? Claro que no. ¿Tú te acuerdas de cuando eras bebé? No seas exagerada, por favor, Julia. De verdad que te azotas cañón.

¡Cuántas veces he escuchado el mismo razonamiento egoísta!

«Los hijos, cuando bebés, son como animalitos que nunca se dan cuenta de nada porque son instintivos, sólo comen, hacen del baño, lloran, respiran, pero no piensan, no sienten, no recuerdan, hasta que sus padres se encargan de domesticarlos. No se percatan de las ausencias ni de las presencias. No saben de sentimientos, de pensamientos, de obligaciones, ni de responsabilidades». ¡Pero Saúl qué iba a comprender si no podía ver más allá de su nariz!

Así fue como repentinamente empecé a maquillar mi realidad con la intensa lectura de libros. Me ponía en el lugar de los personajes principales y vivía con ellos sus historias, así fueran hombres o mujeres. Entre *La casa de los espíritus* de Isabel Allende y *El eterno femenino* de Rosario Castellanos, llegué otra vez a una determinación que ya había merodeado por mi cabeza, pero que nunca lograba bajar al corazón: construir mi vida sin Saúl, ser independiente de él, como él lo era de mí. No obstante, no se me ocurría, ni tocó siquiera a mi puerta la palabra «divorcio».

Por su parte, Saúl ingresó a una asociación de motos tipo *chopper*. Según me contó era una asociación formal cuyo objetivo principal era recorrer el país en motocicleta y, más adelante, Centroamérica. Cada vez que Saúl tocaba el tema, no podía dejar de escuchar de fondo la misma tonada que distingue a las canciones de los *Creedences* de los años setenta. En realidad, para lo único que se reunían era para emborracharse, ver bailar prostitutas en burdeles y hablar de anhelos, al parecer, irrealizables. Su comportamiento era tan predecible que ya ni siquiera me molestaba.

Una vez más mi fría distancia le abrió los ojos de Saúl. Fue entonces cuando me propuso que él ya no saldría los fines de semana con sus amigos, a menos que fuéramos juntos, porque al fin comprendía que no era justo que yo no pudiera divertirme por cuidar a Sara y él dispusiera de todo su tiempo a su antojo. En cuanto me dejara en mi casa, él se iría a la suya.

Con esa afirmación mi salud mental mejoró hasta que un sábado, después de acompañarlo a una reunión con sus amigos de las motos, me dijo:

—Tengo ganas de regresar, chaparra.

—¿A dónde?—. Le pregunté extrañada.

—Al bar, con aquéllos, ¿cómo ves?

Me enojé tanto que no quería verle la cara, y a pesar de que yo no le contestaba, me seguía insistiendo:

—Es que estaba pasándomela a todo dar. La verdad es que nos salimos muy temprano, ¿no crees? Ya sé que no puedes dejar tanto tiempo a Sara, pero sólo sería un ratito más.

Guardé silencio.

—Yo sé que te propuse un trato, pero la verdad es que tengo muchas ganas de regresar. Dame, chance, ¿no? Ándale.

Continué en silencio.

—Solamente por esta vez. Te prometo que no vuelve a pasar. Mira, podría no decirte nada y regresar, al cabo que no te darías cuenta, pero fíjate, te estoy avisando. Para que veas que sí quiero cumplir mi promesa. ¡Aaaaaah!, todavía no quiero regresar a la casa, quiero seguir en la fiesta, chaparra. Es muy temprano, ándale, ¿no?

Yo seguía en silencio.

—Bueno, conste que ya te avisé. Supongo que si no me dices nada es porque estás de acuerdo, ¿verdad? ¿Estás enojada?

—Mira, escúchame bien porque no lo repetiré. Me enoja la falta de compromiso pero no pienso seguir jugando a ser tu mamá. Tú ya estás grandecito para saber qué hacer y no hacer. ¡Haz lo que quieras!

Cerré la puerta y con ella la esperanza de tener una familia como todas. Al día siguiente no me quedaría más remedio que aceptar las disculpas de un esposo crudo física y moralmente que no tendría ganas más que de soportar la resaca acostado en su cama, mientras Sara y yo pasaríamos un domingo más, como siempre, solas y en casa.

27

EL RING DEL TELÉFONO me despertó a las cuatro de la mañana. Lo escuché a lo lejos, entre sueños.

—Julia, ¡despierta!, Saúl está en el hospital—. Me gritó mi madre.

—¿Quéeeeeee? Pero, ¿qué le pasó?— Tardé algunos minutos en reaccionar.

—No sé bien, al parecer tuvo un accidente en la moto.

Un huracán invadió mi cuerpo. Me encerré en el baño para desfogar mi dosis de histeria. Me reprochaba haberle permitido que regresara con sus amigos, golpeaba la pared mientras mi rabia aumentaba como espuma de cerveza.

—Julia, ¡para!, por el amor de Dios —me suplicaba mi madre preocupada, detrás de la puerta del baño.

—¿Por qué, por qué permití que regresara? ¡Esto es mi culpa! Si yo le hubiera dicho que no…

—¡Ábreme la puerta!—. Mi madre desesperada giraba la perilla sin éxito.

La cabeza comenzó a hacer su parte. Salí del baño, me vestí rápidamente y le pedí a mi padre que me llevara al hospital.

—Tu papá no te llevará a ningún lado en esas condiciones, Julia. Debes calmarte—. Mi madre me seguía sin dejarme sola ni un segundo.

—Mamá, me urge ver cómo está Saúl. ¿Te dijeron cómo estaba? ¿Cuál es su estado?

—Tienes que calmarte, Julia. ¿A poco crees que poniéndote así ayudarás a Saúl? Mira cómo estás.

Emilio, testigo de la escena, se ofreció a llevarme. En el trayecto traté de no sentir para pensar mucho, de tal modo que cuando entré al hospital, no había rastro del huracán que recientemente me había invadido.

Saúl estaba en sala de choque; por el momento, no podía verlo.

En el pasillo me encontré a mi suegra, recargada en una de las paredes, completamente desconsolada, mucho peor que como yo me veía minutos atrás. En cuanto me vio, se me echó encima para decirme:

—¿Por qué Dios permitió esta desgracia, Julia? ¿Por qué nos está pasando esto a nosotros? No es justo.

No pude disimular mi enojo y crudamente le contesté:

—¡Ay, señora y todavía pregunta!

—Julia, es que no es justo que nos pase esto, ¿qué hicimos para merecer esta desgracia? Saúl, pobrecito de mi hijo.

—¡Señora, no invente, por favor! ¿Le parece raro que su hijo se haya accidentado? Si se la ha pasado tentando al diablo de muchas maneras y por mucho tiempo. A mí no me extraña que estemos aquí. Mejor deberíamos preguntarnos por qué nosotras seguimos con él. Aunque es obvio por qué está usted aquí, pero... ¿yo?

Buenísima pregunta. ¿Por qué seguía con Saúl? Cada vez sentía más rabia, quizá la misma que no me dejaba oír la propia pregunta con claridad.

Un chavo que en mi vida había visto se me acercó para contarme lo sucedido. Se llamaba Christian y él viajaba con Saúl en la moto, pero a él no le pasó nada.

Después de que cerraron el bar donde estaban, fueron a cenar unos tacos y cada quién se fue para su casa.

Saúl y Antonio, uno de sus amigos, se fueron juntos. Cada uno llevaba en su respectiva moto a una persona más. Recorrían el Acueducto cuando un coche de color blanco con placas americanas salió de una calle en sentido contrario. Primero embistió la moto de Antonio y después, Saúl, que iba unos cuantos metros atrás, no alcanzó a maniobrar y se estampó con la parte trasera del auto.

Como el golpe de Antonio fue de costado, la moto le cayó encima de su flanco izquierdo, provocándole severas lesiones en la pantorrilla y el pie. Mientras que Saúl, al impactarse de frente, salió volando por el aire casi veinte metros. Debido a la gran velocidad que alcanzó, al caer al piso su cuerpo todavía se fue arrastrando hasta que la banqueta lo detuvo. Saúl quedó inconsciente por varios minutos.

Christian y el acompañante de Antonio salieron ilesos, lo que le dio oportunidad a éste de esconder la moto de Saúl en casa de un conocido que vivía por ahí cerca, pero la de Antonio no, porque cuando regresó por ella, ya se la estaba llevando la grúa.

A Saúl y a Antonio los subieron en ambulancias diferentes. Saúl recobró el conocimiento durante el traslado.

En eso, un médico salió de sala de choque y le pedí permiso para entrar.

Saúl estaba tumbado en una camilla, con la frente abierta de par en par, el cuerpo lleno de moretones, raspones y sangre por doquier. Le estaban limpiando la herida para empezar a coserle la piel.

Del otro lado de la sala, separado por una mampara, se encontraba Antonio, más sereno y consciente de lo sucedido. Lástima que no podía decir lo mismo de Saúl, que, en cuanto me vio, empezó a hablarme como niño chiquito.

—Chaparrita, no te enojes, ya nos vamos. Nada más que me den mi chamarra porque no sé dónde me la dejaron.

—No te preocupes, Saúl, todavía nos vamos a quedar un rato más. Después buscamos tu chamarra—. Lo tomé de la mano y comencé a acariciársela.

—¡Ay, chaparra! No te vayas a enojar conmigo, sólo tomé unas copitas de más, así mira—. Levantaba el pulgar y el índice para acercarlos en señal de «poquito».

—No estoy enojada, Saúl, de verdad que no. Mejor no hables para que no te muevas y les permitas a los médicos atenderte.

—En serio, sólo fue un pequeño accidente, pero aquí le echan mucha crema a sus tacos. En un ratito nos vamos. Nada más que no me quieren dar mi chamarra, ¡es la de piel! Pídeselas, ¿no? No se la vayan a robar, chaparrita bonita.

Saúl intentaba levantarse de la camilla, lo que provocaba que mis nervios también se pusieran de punta.

—Saúl, por favor, no te muevas. ¡Sé obediente! Debes hacerle caso a los médicos. Si no, vamos a tardar más en irnos.

—No, ya me quiero ir, nomás que te den la chamarra.

—Saúl, deja que los médicos terminen su trabajo. Estás lastimado, no es broma. ¿Qué no te duele?

—¡Qué me va a doler, si yo no tengo nada! Aquí me inyectaron y me pusieron estos tubos, pero son unos exagerados. Si sólo me caí de la moto, chaparra, pero nada del otro mundo, de veras.

—Tienes una herida considerable en la frente que te deben atender. Mejor coopera para que nos podamos ir pronto.

—¿Irás a buscar mi chamarra? Es la de piel.

—Sí. Sólo me quedaré hasta que terminen de coserte, después buscaré tu chamarra, te lo prometo.

Un médico me explicó que su estado era estable, sin embargo, le preocupó que una de las radiografías reportaba una fisura en el cráneo, la cual podría presentar secuelas graves. Era de suma importancia que no moviera la cabeza, que evitara ruidos y que guardara reposo absoluto. Lo dejarían en observación para practicarle estudios más profundos. Mi rabia se apagó y me cayó el veinte.

Saúl empezó a destilar el olor común de todo borracho que amanece. Sentí mucha compasión por él. Si algún día pensé que con él me sentiría protegida, ¡qué equivocada estaba!

Saúl tan alto, tan fuerte, con tantas ganas, ahora estaba postrado en una cama, más vulnerable que yo, incluso que su propia hija.

En el pasillo del hospital ya esperaban algunos de sus amigos, que empezaron a asediarme con preguntas acerca de lo sucedido.

No tardó en llegar un agente del Ministerio Público para que Saúl rindiera su declaración.

Saúl no recordaba exactamente cómo había sucedido el accidente, pero insistía en que él iba manejando su moto y Antonio la suya. El agente le explicaba que no era posible que él estuviera manejando otro vehículo, porque sólo se habían llevado una motocicleta al corralón. Le advirtió que no le convenía mentir con tal de encubrir a su amigo. Saúl se alteró porque él decía la verdad y le comenzó a punzar la cabeza. Afortunadamente entró un médico a la habitación y le pidió al agente que se retirara.

Esa fue la última vez que encontré a alguien del Ministerio Público rondando la habitación de Saúl.

Saúl seguía preocupado por su motocicleta y porque no veía con el ojo derecho.

El neurólogo confirmó que el golpe que recibió al impactarse con la banqueta había provocado una leve fisura en el cráneo que, por el momento, no podían determinar si dejaría secuelas. Incluso cabía la posibilidad de que se manifestara alguna molestia o lesión hasta tiempo después, años incluso. La falta de visión en el ojo era un daño irreversible, porque murieron tejidos del nervio óptico demasiado finos que no se podrían volver a formar de manera natural ni asistida.

Saúl debía guardar reposo absoluto durante un mes completo, lo cual implicaba no salir de su casa para asegurar que se moviera sólo lo indispensable, sobre todo por la fisura del cráneo. Tenía permiso para salir únicamente a las consultas indicadas y cualquier duda tendríamos que despejarla por teléfono.

Me mudé a la casa de Saúl por un mes, tiempo que duró la recuperación. Sara se quedó con mis padres.

28

Ese mes fue doloroso, sobre todo por la pérdida de la visión de Saúl. Al principio hacía gala de una actitud positiva, pero conforme transcurrían los días y comprobaba que seguía sin ver, empezó a impacientarse.

Fuimos con el neurólogo las veces que él lo necesitó con la esperanza de alguna mejoría, pero siempre salíamos con el mismo argumento y con menos ilusiones. La última vez hasta quedamos a deberle dinero pero nos condonó la deuda, sin que nos diera oportunidad de decirle que regresaríamos. Quizá lo que quería era que ya no volviéramos, por nuestro propio bien.

Saúl perdió el semestre en la universidad. Hubiera podido salvarlo de haber hecho un esfuerzo, pero no quiso, no gozaba de salud física ni mental para pensar más que en su dolor y en lo que implicaba continuar su vida con la visión de un solo ojo.

La irritabilidad de Saúl se tornó agresiva. Un día me gritó que con qué derecho hablaba sobre él, si no sabía lo que se sentía ver sólo con un ojo, que mejor me fuera. Ya estaba por terminar el mes de reposo. Sara estaba resintiendo demasiado mi ausencia, y, después de ese monólogo, decidí que era momento de volver a casa.

Durante todo un día me la pasé con un ojo tapado para tratar de comprenderlo y para soportar sus cambios de humor. ¡En verdad es desesperante! Pierdes la tridimensionalidad, lo cual provoca que choques con las paredes porque no mides la distancia que hay entre los objetos y tú. Y eso que yo tenía la certeza de que al quitarme la venda, todo volvería a la normalidad.

Además de cargar ya con una cicatriz grandísima en la frente y de no ver con un ojo, Saúl también tenía que aceptar que, después de algunos años, tendría que vivir con el ojo tapado o considerar una operación estética porque, lentamente, se le iría desviando la pupila; al no recibir instrucciones durante un determinado tiempo, ésta empezaría a caminar sin rumbo fijo.

Ni la mejor borrachera del mundo valía el precio que Saúl estaba pagando.

Los días que siguieron se llenaron de gente opinando, aconsejando. «Debes ir con fulanita para hacerte una limpia y que te prepare un brebaje curativo». «Sutanito da unos masajes que harán que recuperes la visión poco a poco». «Menganito lee el aura, es buenísimo, con eso te bastará, pero no vive en Morelia».

Saúl hizo todo lo que le dijeron y estuvo a su alcance, hasta fue a la ciudad de México con Roberto, el señor que leía el aura. Nada funcionó, entonces no le quedó más remedio que la resignación. Lo único que podía hacer era aceptar su realidad y adaptarse a ella.

Cuando recuperó los ánimos, lo primero que hizo, ante el susto de todos, fue montarse en su moto y recorrer la ciudad. Se suponía que estaba incapacitado de por vida para manejar cualquier tipo de vehículo, pero eso le importaba muy poco.

Ya que nuestra vida recuperó su cauce normal, una noche que dormí en casa de Saúl, empecé a llorar a borbotones. Le reclamé su irresponsabilidad. Ya no era un soltero más vagando sin dirección, sin mando, sin nadie a quién rendir cuentas, jugando con su vida como si fuera gato. Lo peor es que cualquier cosa que le pasara, nos arrastraba a Sara y a mí. Le supliqué que tomara nota de su accidente, que no lo dejara como una más de sus experiencias, de ésas que sólo sirven para llenar las reuniones con amigos.

Una vez más me llenó de promesas, entre ellas, no volver a tomar sin control, además de las que ya me había hecho previamente. Me pidió disculpas y yo le creí.

29

Por iniciativa de Saúl retomamos la idea de rentar un espacio para mudarnos juntos, idea que habíamos pospuesto debido al accidente.

Esta vez me tomé el asunto más despacio. Los miedos y los peros se presentaron acechando como buitres. ¿De dónde sacaríamos el dinero para cubrir los gastos? ¿Y si algún mes no nos alcanzaba para pagar la renta, la luz, el agua, el gas...? ¿Y si algún día Saúl no llegaba a dormir? ¿Y si Saúl y yo no éramos compatibles?

Saúl me tranquilizó, a su vez, con una lista de promesas. Todo sería diferente de ahora en adelante. Sería un hombre considerado, prudente y responsable. Trabajaría con su padre en la resinera que tenía en Huajúmbaro, municipio que queda a una hora de Morelia, con la ventaja de que podría seguir estudiando.

El reto era grande, pero más aún mi ilusión de tener la familia tan ansiada desde hacía mucho tiempo atrás.

La tía del Flaco, mi cuñado, me rentó un departamento pequeño por una modesta cantidad de dinero en una zona de viviendas dúplex. Lo amueblamos con lo básico. Apenas una cama, la cuna de Sara, una parrilla eléctrica, un *frigobar*, unos libreros y una sala de utilería de ésas que venden baratísimas en las mueblerías del centro.

Estrenamos el departamento el día que cumplimos un año de casados. Fuimos a cenar unos tacos cerca de ahí y después fuimos a jugar billar a un lugar no muy agradable, pero eso era lo de menos.

Es increíble cómo las acciones más burdas pero intencionadas pueden ser las más memorables. Por primera vez en mucho tiempo me sentí acompañada y con muchas ilusiones de construir una vida compartida; es más, hasta me pareció que nos habíamos mudado de ciudad. Sentí a Saúl a mi lado, caminando de la mano.

30

Sara cumplió su primer año de vida y lo celebramos con un pastel de tres leches que compartimos con nuestros familiares en casa de mis padres.

Sara no se cansaba de contemplar la vela con expresión de asombro, le pedíamos que le soplara, pero sólo levantaba la cabeza. Sus pupilas recorrían su campo visual de un lado a otro, al tiempo que nos sonreía y aplaudía emocionada.

Era indudable: su vida hacía que valieran la pena todas las horas de todos nuestros días.

31

Un DOMINGO, Sara amaneció vomitando y continuó así el resto del día.

Por la tarde, en un lapso en el que el estómago de Sara ya no tenía alimento qué expulsar, fuimos al supermercado. Regresamos ya de noche y dejé a Sara en su andadera mientras vaciábamos las bolsas para acomodar las compras en la alacena. En eso, Sara vomitó nuevamente pero esta vez en copiosas proporciones, y eso que ya habían pasado algunas horas en las que no había probado bocado. ¿De dónde podía salir tanto?

—Sara no está bien. Será mejor que pasemos la noche en casa de mis papás —le sugerí a Saúl que miraba consternado a Sara.

—¿De plano la ves muy mal?

—Sí. A ver, ¿qué vamos a hacer si empeora? No tenemos teléfono, ni coche. Ni siquiera podríamos llamarle a un taxi.

Saúl me observó con esa mirada de angustia propia de cuando algo no estaba bien con su hija y, a su vez, con un dejo impasible, me dijo:

—Sí, me parece bien. Ve a llamarle a tus papás antes de que cierren la tienda. Será mejor que duerman allá.

—¿Cómo, qué tú no vienes con nosotras? —le pregunté extrañada.

—No, chaparra, es que mañana tengo muchas cosas qué hacer y tengo que levantarme temprano, no me puedo desvelar. Debo ir a la universidad a presentar unos exámenes. Luego voy a ver a un señor...

—¡Saúl!, ¿qué es más importante?—. Seguía yo sin entender.

—Por supuesto, pero ella te tiene a ti, con eso basta.

Me fui con Sara a casa de mis padres totalmente desilusionada.

Sara continuó vomitando en menores cantidades, pero en lapsos más cortos. Emilio y mi madre me acompañaron a casa de la pediatra para que le aplicara unas inyecciones con la intención de que cesara el vómito. Me pidió que le diera una cucharadita de suero o refresco de manzana diluido con agua cada media hora aunque Sara se quedara dormida, porque podría deshidratarse y si eso sucedía, habría que hospitalizarla. Quedamos de vernos al día siguiente en su consultorio.

Sara mejoró con el medicamento, pero el vómito no cesó del todo.

Saúl llegó alrededor de las once de la mañana con un gesto de consternación como escudo. Me preguntó por Sara que, en esos momentos, dormía. Le conté lo que había pasado durante la noche y que en una hora más iríamos a consulta de nuevo.

—Entonces, ya está bien, ¿verdad? ¡Ay, qué bueno! Ya venía todo espantado—. Exhaló soltando los nervios, mientras se acostaba a mi lado sin apartar la vista de Sara.

—No, Saúl, sigue enferma.

—Pero yo la veo bien. Mira qué tranquilita se ve.

—Porque está dormida, pero no ha parado de vomitar. No sé por qué presiento que la tendremos que hospitalizar. No veo mejoría.

—Ojalá se le pase pronto, verás que al rato estará como si nada. Tú piensa que se va a poner bien, no le eches la mala vibra. Me avisas qué te dice la pediatra y yo paso en la noche a verlas.

Saúl se paró de la cama.

—¿A dónde vas?— Le contesté sorprendida.

—A la escuela —lo dijo tan campante como si se tratara de la hija del vecino.

—No inventes, ¿no te vas a quedar?— Le pregunté con ganas de agarrarlo a bofetadas.

—No, no puedo, tengo que ir a la escuela. Tengo clases, ya te había dicho.

—Si a ésas vamos, yo también tengo clases, no manches, Saúl.

—Sí, pero tú vas mejor en la escuela que yo.

—¿O sea que también iré sola a la consulta?

—¿No te va a llevar tu papá?— Ahora el sorprendido era él.

—Sí, me va a llevar, pero es mi papá y no el de Sara.

De un tiempo para acá era dificilísimo hablar con Saúl sin terminar en una discusión, pero me daba la impresión de que él nunca comprendía la razón de mi malestar.

—No te preocupes, todo va a estar bien. Con tu papá te sentirás bien. Yo rezaré por Sara, cualquier cosa, ya sabes, me avisas y yo estaré con ustedes. Tú quédate tranquila.

—No lo puedo creer. A ti te corre atole por las venas. Mejor vete de una vez antes de que me ponga a gritar como loca.

La pediatra confirmó mi presentimiento. Sara presentaba una infección gastrointestinal severa que la tenía a un paso de la deshidratación, razón por la cual debía ser internada de emergencia. Sentí que el piso se desmoronaba bajo mis pies y que yo caía sin tocar fondo.

Reaccioné hasta que la pediatra me preguntó si contaba con Seguro Social. Me dieron ganas de decirle: «Hey, péreme tantito, que no ve que me estoy cayendo a un abismo sin fondo y no traigo paracaídas, no sea imprudente, ¡cómo se le ocurre preguntarme eso!».

¡Seguro Social! ¿Por qué nunca pensé en esas cosas? Se supone que una madre debería, ¿no? Mi consuelo era que yo estaba estrenando vestido de madre y todavía no le había hecho la bastilla.

La pediatra me recomendó opciones de hospitales privados, que no eran caros, pero que ofrecían lo suficiente para que estuviera en las mejores condiciones. Miré a mi padre con cara de súplica. Entonces me dijo que no me preocupara, que él se haría cargo de los gastos. Nos fuimos al primer hospital que la pediatra sugirió.

La habitación del hospital era pequeña para cualquier otro paciente, pero para Sara era inmensa. Su cuerpo tan frágil se perdía en la cama que se veía descomunal, como si se tratara de una ilusión óptica y no de la realidad.

A pesar de los globos y peluches que adornaban el espacio, la imagen seguía siendo tristísima. No hay nada más desolador que un pequeño hospitalizado y nada más dramático que se trate de tu hija.

Sara se aferraba a mi mano con una fuerza enorme, contradictoria para su estado físico. Ya bastante tenía con la fuga de su padre, como para permitir una segunda más. En cuanto yo cruzaba la puerta de la habitación, Sara empezaba a llorar desconsoladamente. Su llanto inundaba el aire, provocando una atmósfera densa y húmeda. Era impresionante la conexión que había entre las dos.

¡Hubiera deseado ser ventana para dejar salir aquello que le hacía mal! Sus ojitos tristes empezaron a agrandarse de tanta hinchazón. Sara todavía no aprendía a hablar, sólo balbuceaba, pero con su mirada y su cuerpecito expresaba tan bien su dolor, que no hacían falta las palabras.

Una vez más, mis amigos fueron uno de mis grandes apoyos. En cuanto llegaban, les preguntaba por las tareas y me respondían que ya estaban hechas. Entre todos se las repartían, ¡vaya que me quitaban un peso de encima!

¿Saúl? Saúl era Saúl y jamás dejaría de serlo, ¿por qué, entonces, seguía conservando esperanzas?

Después del trabajo y sus días escolares, se dignaba a estar un rato en el hospital. Sólo era un espectador más que hacía cara de congoja y se marchaba al instante a emprender otras tareas más satisfactorias.

Para mí era obvio que los dos dormiríamos en el hospital, pero desde la primera noche me aclaró que no cabíamos en un espacio tan reducido, que no era indispensable su presencia porque él se ponía nervioso. Sin que yo alcanzara a respingar, simplemente se fue.

Empecé a creer que ese año sería el peor de mi vida y, como si mi padre estuviera dando un paseo por mi mente, de repente me dijo:

—Julia, hay años que vienen cargados de cosas malas, sobre todo los nones.

—Papá, ¿de qué me hablas?

—De que los años nones atraen las desgracias. A mí siempre me va mal en los años nones y en los pares me va muy bien, o al menos, no me sucede nada malo, que ya significa una bendición. A lo mejor a ti también te pasará igual, porque éste es un año non.

—¡Ojala todo fuera cuestión de suerte, papá!

A pesar de crecer en una familia donde la mayoría de las cosas sucedían por suerte o por gracia divina, yo no me creía del todo esa versión, aunque estaba a un paso de concederles la razón.

—¡Es en serio! Un año te va bien y al otro no. No se puede tener todo en la vida, Julia. Disfruta los años pares y da gracias a Dios por regalarte un suspiro cuando éstos, los buenos, transcurren.

—Mmm... tal vez tengas razón, si no cómo encuentro explicación a tantas hospitalizaciones en tan poco tiempo. Nomás falta que a mí también me internen.

—Para que eso no suceda, debes cuidarte y rezar. Te hace falta rezar, Julia. Tú nunca rezas.

Y seguí sin rezar.

Un día antes de que dieran de alta a Sara, le reproché a Saúl su apatía, pero una vez más él opinaba que mis reclamos estaban totalmente fuera de lugar. Para él era normal que la madre cuidara a los hijos, ¿por qué entonces él tendría qué hacerse cargo? Después de una explicación rebuscada, terminó por disculparse y prometerme que sería más cuidadoso en sucesivas ocasiones. No sentí que fuera sincero, pero ya estaba cansada de hablarle a la pared; además faltaba abordar el asunto del dinero.

—¿Cómo le vamos hacer para pagar la cuenta? —le cuestioné secamente.

—¿Cómo? —me preguntó sorprendido —. ¿Que tus papás no van a pagar? Yo creía que ellos lo harían.

—A ver, Saúl, ¿por qué tendrían que pagar mis papás?—. Ya se estaba haciendo rutina que yo empezara a dar clase, pero Saúl era un pésimo alumno.

—Porque son sus abuelos, ¿qué no?

—¡Exacto, son sus abuelos, no sus papás! —le dije casi gritando.

—¡No inventes!, pero ellos pueden y nosotros no. Seguro agarran la onda de que estamos iniciando y no tenemos feria.

—¿Qué cómodo, no? Yo pensé que no venías a cuidar a tu hija porque estabas trabajando. Así debe ser, ¿no? Las mamás cuidan a los hijos, los papás llevan dinero a la casa. ¿O no es así como funciona en tu mundo, no me insinuaste eso hace un rato?—le contesté irónica.

—¡Ay, ya estoy hasta la madre!, siempre me cambias las cosas, las acomodas para que tú siempre tengas la razón. Yo me esfuerzo por trabajar.

—¿Te esfuerzas o en verdad trabajas? Y si trabajas, como tú dices, ¿para qué o para quién?, porque no veo claro.

—¿Cómo que para quién? Para ustedes. Todavía que me parto el lomo y me preguntas que para quién, no la friegues, Julia. Cuando podría estar sólo estudiando y todo para qué. Para que siempre me estés reclamando. ¡Qué fácil, como tú sólo estudias!

—Mira Saúl, no te hagas el mártir con eso de que tú trabajas y yo me rasco la panza, nomás. El mes pasado yo pagué la renta y los gastos del departamento con lo que ahorré, porque tú te chutaste todo tu sueldo en tus borracheras o sabrá Dios que habrás hecho con él.

—¡Ay, ya vas a empezar a cantarme las cosas! Además, ¿qué de malo tienen mis borracheras?, ¿me las merezco, no?

—Olvídalo, olvida todo, olvídanos. ¡Vete!

—¿Y con qué vas a pagar?

—¿Acaso te preocupa? No seas cínico, por favor. Da lo mismo con qué pague, de todas maneras tú no moverás un dedo.

—Conste que eres tú la que me pide que me vaya. Para que después no vayas a decir que yo ni siquiera vine al hospital, que no me importa Sara, que yo bien a gusto.

—Vete, Saúl, en serio.

Saúl se fue. Y yo, me quedé mordiéndome los deseos infinitos de cambiarle el chip para que todo él funcionara de otro modo, pero su modelo no contaba con esa entrada.

32

LA VIDA ERA PARA SUFRIR. Después de la muerte, quizá la paz llegaría.

Saúl estaba más distanciado de mí que nunca.

Era un nueve de mayo. Lo recuerdo bien porque al día siguiente se festejaba el día de la madre. Dormí a Sara temprano y esperé a Saúl leyendo en la sala. Llegó como a las diez de la noche, me saludó sin mucho afán y se dirigió a la habitación.

—Saúl, no te vayas a dormir todavía, necesito hablar contigo—. Dejé a un lado el libro.

—Julia, estoy muy cansado, ya me quiero acostar, mejor mañana, ¿te urge mucho?

—Sí, quiero aprovechar que Sara está dormida. De todos modos iré al grano.

Saúl se recargó en la pared y cruzó los brazos con hastío.

No sé qué está pasando, pero te siento muy extraño conmigo. A veces pienso que soy un fantasma y tú otro que hace como que está, pero en realidad está siempre en otro lugar como huyendo, ¿qué pasa contigo, Saúl?

—¡Ay, ay, ay! ¿Qué onda con todo ese rollo? ¿Y ahora con qué me vas a salir? —me contestó irritado y dio vueltas donde estaba parado.

—Ya ves, apenas empiezo a hablar y ya estás harto. ¿De cuándo acá tenemos que hacernos un tiempo para hablar? Saúl, tú no eres así de sangrón. ¿Te pasa algo que no me quieras contar?, ¿tienes algún problema? ¿o te metiste en algo que no va bien?

—No me pasa nada, ni me metí en nada malo y no tengo problemas.

—No te creo. Estás muy distante, ya no me abrazas, no me cuentas nada, haces como si no existiera y tú no eres así, Saúl.

—¡Ah!, ¿sí? No me había dado cuenta, ¿a poco así me porto?— Me miró por encimita.

—¿Estás siendo irónico?

—Hoy no tengo ganas de andar descifrando tus palabras en doble sentido. Ya te dije que no tengo nada y tampoco me pasa nada.

—Entonces, el asunto es conmigo.

—¡Chale!— Saúl negaba con la cabeza.

—¡Chale qué, Saúl! Si tienes algo que decirme, hazlo ya.

—¿De plano, quieres que te diga?

—¿Si no, por qué pregunto?— De inmediato apareció un nudo en mi garganta que me hizo tragar saliva de sopetón.

¡El asunto era conmigo!

—Conste que tú empezaste, yo no comencé esta plática, yo ya me quería ir a dormir, pero ya al grano porque yo también ya estoy hasta la madre. Ya se me fue la chispa, ya no siento nada por ti, ya no te quiero.

Ya no te quiero, ya no te quiero, ya no te quiero, ya no te quiero, ya no te quiero.

Esa frase tan corta y profunda se quedó impregnada en mí como un eco que evitó que siguiera escuchando más palabras. Con eso me bastó para entrar en un estado de demencia temporal.

Todo ese maldito año non me la pasé cuidando a Saúl y a Sara mientras me enterraba a mí misma tres metros bajo tierra y ahora me salía con un simple y breve: «ya no te quiero». Lo único que sentía era un profundo dolor que me partía en pequeñas piezas, convirtiendo todo mi cuerpo en un rompecabezas.

¡Qué orgullo ni qué orgullo! Yo no paraba de llorar, no podía controlar mi respiración, no podía hacer nada cuerdo. ¡Qué más daba que lo tuviera enfrente! Todos mis esfuerzos por sacar adelante a mi familia se fueron por el inodoro con el simple hecho de jalar una manija. El problema fue que yo salí expulsada con el agua turbia y sucia hacia el caño.

Mi estado era groseramente lamentable, lo que menos quería era provocar lástima, pero no podía disimularlo. Saúl intentó consolarme, pero le exigí que se fuera. Si no quería seguir conmigo, jamás lo obligaría a permanecer a mi lado.

Me quedé ensimismada durante mucho rato. Mis ojos se secaron por completo y empezaron a llorar sin lágrimas.

¿Qué había hecho mal? Según yo, la que tenía que reprochar era yo y no él. Quizá tanta exigencia de mi parte terminó por hartarlo.

En cierta ocasión, mi buen amigo Andrés me dijo que era difícil aguantarme con tantas ideas absolutas y apasionadas, pero no conocía otra manera de ser.

No dormí en toda la noche, musicalizada por las serenatas melosas y desafinadas que les cantaban amorosamente a las vecinas. ¡Vaya inicio del día de las madres!

Definitivamente, los años nones no eran los míos.

Después de tantas mañanitas, amaneció. Mi cuerpo seguía inerte con la mirada fija en el vacío, con una pesadez del tamaño del mundo. Saúl se despertó.

—¡Muchas felicidades por ser la mejor mamá del mundo! —me dijo.

Yo ni me inmuté. Continué en posición fetal, aferrándome a mis rodillas. Saúl siguió hablándome, mientras me quitaba algunos cabellos pegados con lágrimas en la cara:

—¿Qué se siente, eh? Seguro estás muy orgullosa de ser la mejor mamá que pudo haber encontrado Sara, ¿no?

—¡Hum! —gemí con ironía, usando sólo el lenguaje corporal.

—¡En serio! Eres una gran mamá, dedicada, preocupada por su hija, que se pone las pilas para atenderla. Ya quisiera yo poder corresponderle del mismo modo en que tú lo haces.

—Mm-hmm.

A mí qué me importaba si él me consideraba buena o mala madre. Sólo pensaba en que era un total fracaso como pareja y en lo único que me podía concentrar era en eso. Pero Saúl seguía echándome porras para compensar, tal vez, el dolor que me había causado.

—Por eso a veces me despreocupo. Confío tanto en que eres responsable, que pienso que ya es suficiente. Pero sé que me tengo que poner al cien. Te prometo que ya no seré «inrresponsable» con Sara.

—Se dice irresponsable, Saúl, no «inrresponsable»—. No pude evitar corregirlo.

—Mira, por lo menos ya te hice hablar.

El resto del día Saúl la pasó conmigo, más por lástima que por gusto. Me sentía hipócrita con él a mi lado. Después de un largo día de letargo, por fin empecé a sentir cómo me hervía la sangre. Quería gritarle a todos que Saúl ya no me quería para ver si expulsaba de una vez por todas aquellas palabras que no dejaban de quemar mi garganta.

«Ya no me quiere». Hasta ese momento reparé en aquella frase. Saúl nunca me amó, sólo llegó a quererme, por eso era que se «le había ido la chispa» tan de repente. Lo que sí quería Saúl era vivir sin ataduras, él quería hacer lo que le placiera y a su capricho. Pero si eso fue lo que me había dicho desde el principio, ¿de qué me extrañaba?

Decidí poner la mente en blanco para comenzar de nuevo. Tenía que ser fría para darle paso a la calma y a la sensatez. No encontraba otro remedio para rebajar los efectos de tal humillación.

Me mudaría con Sara a la casa de mis padres con la intención de que Saúl encontrara el espacio para meditar qué quería hacer con su vida (a pesar de que esa idea siempre la consideré absurda) y para que decidiera si en ese hacer, encajaba yo.

Las personas quieren o no, aman o no, están juntas o se separan, pero no están a medias. ¡Sí!, salían a flote mis ideas absolutas, ni cómo disimularlas.

Saúl presumía una sonrisa de oreja a oreja. No se cansaba de decirme, una vez más, que era la mujer más comprensiva del mundo. ¡Qué paradoja! Sólo le faltó dar saltitos de emoción.

Quizás estaba siendo terca. En lugar de aprender, me daba golpes de pecho. No asimilaba por qué me pasaban tantas desgracias a mí, pareciera como si yo no tuviera nada que ver en ello.

33

LA COMPUTADORA DE MIS PADRES (mi presupuesto aún no me alcanzaba para contar con una propia) fue el pretexto perfecto para no tener que confesarle a mi madre que Saúl, de pronto, «ya no me quería» y me había mandado al carajo. Estaba por culminar el semestre en la universidad, así que tenía una lista considerable de trabajos por entregar que me esperaba con urgencia.

A la mañana siguiente tuve que regresar al departamento a recoger unas copias que había olvidado. Mi padre detuvo el coche y la imagen que vi era sospechosa. La puerta y las ventanas estaban abiertas, las luces prendidas. Subí despacio las escaleras, no quería entrar, pero tenía que recoger las copias y no podía dejar la casa abierta.

No se escuchaba ningún ruido proveniente de adentro, parecía que el departamento estaba solo. Suspiré hondo, tomé fuerzas del depósito para emergencias y entré.

El escenario era asqueroso, lucía como si hubiera pasado una horda de mal vivientes por ahí. Latas de cerveza, vasos desechables tirados por doquier, colillas de cigarros esparcidos por la alfombra, botellas vacías de vino y refresco encima de los sillones de la sala y los ceniceros al tope. A lo lejos, muy bajito, se escuchaba el gis de la grabadora que indicaba el fin del casete.

Me resistía a entrar a la recámara. Los latidos del corazón me estrujaban el pecho. Me imaginaba a Saúl acostado con una mujer, ahogado de borracho, quizá hasta drogado. Pero no había nadie. Lo único que encontré fue un colchón salido de su base, las sábanas hechas un revoltijo y en el buró una cartera de mujer.

Las lágrimas empezaron a rodar por mis mejillas, pero las tuve que reprimir porque mi padre me esperaba afuera.

Cerré las ventanas, apagué las luces, recogí las copias que necesitaba, tomé la cartera y me fui.

Mi padre se portó como buen confidente, sin preguntas ni exclamaciones.

No abrí la cartera, ni siquiera pude mantenerla conmigo por varias horas. En cuanto tuve oportunidad, la llevé a casa de mi suegra y le dije que la había olvidado una buena amiga de su hijo en mi habitación, que se la diera por favor y que le recomendara lavar bien las sábanas. Esperaba una llamada como mínimo de parte de Saúl, pero nunca la recibí.

Los días transcurrieron. Enflaqué muchísimo.

Le llamaba a Saúl para recordarle sus obligaciones como padre. Le di mis horarios para que visitara a Sara cuando yo no estuviera, pero seguía hablando con un extraño. Se dirigía a mí como si yo fuera una amiga, de ésas que no son tan cercanas, pero a las que les contestas el saludo por cortesía. Amable y cordial, pero indiferente, lo cual provocaba que me aferrara más a él, que deseara con unas ganas enfermizas que me volviera a querer.

Siempre se disculpó por falta de tiempo, pero siempre prometió también que al día siguiente iría a verla. Las pocas veces que lo hizo, fue cuando, precisamente, le había dicho que yo estaría en la casa.

Sus visitas terminaban siempre en mi recámara y no con Sara. Él con un gesto de satisfacción y yo más débil que nunca.

34

COMENCÉ A PREPARAR EL BAUTIZO de Sara para quitarme a mi madre de encima.

Nunca comprendí para qué debían quitarle el pecado original a los recién nacidos, si ellos todavía no han hecho ni un acto por voluntad. Es más, jamás había entendido por qué debíamos pagar por el pecado original de nuestros supuestos primeros padres. ¿Qué se presume que hicieron?, ¿procrear hijos?, ¿dar vida es un pecado? ¡Qué idea tan arcaica y manipuladora!

Comprendo la parte del ritual para iniciar a alguien en la religión católica, pero tampoco comulgaba con ella. Por eso nunca consideré bautizar a Sara, pero mi madre era tan persistente que accedí en un afán de conciliación.

Mi madre siempre me aseguró que si Sara moría sin ser bautizada, su alma quedaría penando en el purgatorio. Ante su reciente hospitalización, la solicitud ya no era de manera dócil, sino a modo de reclamo, con amenazas de que nunca viviría con la conciencia tranquila si eso llegaba a pasar.

Tal idea me parecía ridícula pero no sé hasta qué punto tenía sentido para mí inconscientemente, porque coincidió con una temporada en la que soñé lo mismo durante varias noches, tanto que a la fecha revivo el miedo que me provocaba con tan sólo recordarlo.

Era de esos sueños en los que difícilmente puedes distinguir si estás soñando o estás despierta, porque hay situaciones reales —como tu habitación y hasta tú durmiendo en ella—, mezcladas con personajes ficticios y fenómenos imposibles de llevar a cabo en el mundo terrenal.

El sueño comenzaba en mi recámara. La mirada punzante de una niña pequeña de unos cinco años me despertaba. Vestía un camisón blanco, raído, al parecer de una época pasada. Su cabello le llegaba a los pies enmarcando su silueta diminuta. Sus ojos eran negros e inquisitivos. Su piel blanca, casi transparente. Era una niña fantasma típica de una película de terror.

Desesperada yo, intentaba distinguir dónde me encontraba, pero no podía fijar la mirada en otro lugar que no fuera en los ojos de ella. Con el rabillo del ojo me daba cuenta que no estaba en otro sitio: ¡era mi recámara!

La niña permanecía inmóvil observándome intensamente desde adentro del clóset que se había quedado con la puerta abierta la noche anterior. Yo estaba petrificada, inhabilitada para gritar o moverme. La niña desviaba la mirada hacia la cuna, ubicada a un costado de mi cama, modificando drásticamente su gesto que me anunciaba que en Sara se albergaba una esperanza de vida para ella. Me dejaba con la piel erizada.

Conseguía mover la cabeza lo suficiente para ver a Sara. Ella estaba suspendida en el aire con todo y cuna. Lentamente empezaba a flotar elevándose hacia el techo, mientras la cuna se desbarataba en múltiples pedazos que caían estruendosamente, como cristales haciéndose añicos.

En el sueño era consciente de que era sólo eso: una pesadilla que terminaría en cuanto pudiera abrir los ojos verdaderamente. Me repetía: «despierta, despierta», pero no daba resultado.

La niña comenzaba a reírse burlonamente. El sonido se propagaba en un santiamén retumbando en las paredes. Por fin, después de mucho esfuerzo, lograba emitir una frase apenas audible. «Vete, deja en paz a Sara, ella no está sola».

Me despertaba sudorosa, agitada, con el corazón sobresaltado. Entonces buscaba a Sara para cerciorarme de que estuviera bien y salía corriendo a la recámara de mis padres.

Abría la puerta abruptamente y en su cama, en lugar de mis padres, me sorprendía una canasta enorme llena de perritos juguetones, moviéndose de un lado a otro, mordisqueándose los unos a los otros. ¡Era imposible!

Esa secuencia, desde que veo por primera vez a la niña hasta la canasta llena de cachorros, se repetía hasta el amanecer, cuando mi madre lograba despertarme —esta vez de verdad— porque Sara ya estaba exigiendo su toma de leche.

La única interpretación que pude darle a la pesadilla fue que un alma perdida quería apoderarse de mi hija. Pensé que si bautizaba a Sara, más que salvarla del purgatorio seguro, le ofrecería una especie de protección espiritual, como un amuleto mágico.

Cuando le conté el sueño a mi madre, también se espantó y curiosamente esta vez no me reiteró la necesidad de bautizar a Sara, sino que me propuso hacerle una limpia. Jamás se me hubiera ocurrido que mi madre creyera en esas cosas.

Cuando era niña, la hermana de mamá Lola contaba historias de muertos que se le subían a uno en la noche, fantasmas que ululaban por los rincones, espíritus de la noche recorriendo las azoteas de las casas, pero mi madre siempre la desacreditaba con un simple: «no le hagas caso, son puros cuentos». Por lo visto, sus palabras sólo eran para que no me espantara y durmiera plácidamente en la noche.

A pesar de mi incredulidad con respecto al tema de la limpia, mi madre me convenció diciéndome que no teníamos nada que perder, pero ninguna de las dos sabíamos cómo hacer una.

Mi madre regresó con la receta dos días más tarde. En su trabajo, más de una persona le diagnosticó a Sara mal de ojo, el cual aparentemente era muy fácil de adquirir en la calle, como cualquier gripe, especialmente con los bebés bonitos, porque son los que más arrebatan suspiros y causan envidia.

¡Cuántos mitos aún son vigentes en pleno siglo xx! Eso retrata la falta de asideros para sobrevivir en este mundo tan incongruentemente lleno de vacío, como bien diagnosticara por ahí en teoría el señor filósofo Lipovetsky.

Como yo era una de esas personas sobrevivientes, pensé, como bien lo había dicho mi madre, que no tenía nada que perder. Además no le daría a Sara algo para tomar, ni la llevaría con alguna señora desconocida.

Mi madre hizo la limpia: frotó un huevo por todo el cuerpecito de Sara, al tiempo que rezaba tres Padres Nuestros. Acto seguido, lo quebró en un vaso con agua hasta la mitad que colocó debajo de la cuna donde permaneció durante toda la noche.

En cuanto amaneció, las dos curiosas revisamos el vaso. El agua estaba turbia, grisácea y la yema toda revuelta, señales de que, según las indicaciones que nos habían dado, evidenciaban el mal de ojo.

Una especie de telaraña que flotaba arriba de la yema era la culpable de que nuestros ceños permanecieran fruncidos. Pero al parecer eso era síntoma de que espíritus bondadosos, como ángeles, la protegían.

Lo peor del caso es que yo sembré mis dudas sobre las brujerías, el mal de ojo y los espíritus perdidos en una dimensión paralela a la de nosotros, al grado de empezar a respetar esas prácticas que antes siempre descartaba. Pero es que, ¡ah, cómo me rondaban sucesos inexplicables!

Así fue como el bautizo se materializó tras la insistencia de mi madre y la pesadilla angustiante, además de que, a final de cuentas, si recibía el santo sacramento o no, a Sara no le afectaría; es más, es probable que le estuviera restando un trámite en su futuro, en caso de que decidiera ser católica y celebrar una boda religiosa.

Con pretexto de los preparativos, me reuní con Saúl en varias ocasiones.

A pesar de su fría presencia, agradecía estar esos pequeños momentos con él, aunque fuera de ese modo. Cada vez que se despedía era un suplicio, porque me quedaba más sumida en mi propio dolor.

No es de extrañar, entonces, que haya caído enferma. No tenía apetito, apenas probaba bocado y, en consecuencia, estaba débil. Me brotaron moretones enormes en los brazos y en las piernas, tanto que mi piel se estaba pintando de un color azul morado verduzco.

Durante tres meses llegó mi menstruación de manera irregular, casi continua a causa del dispositivo que elegí como método anticonceptivo.

Llamé alarmada al médico, pero éste me dijo que le diera oportunidad a mi organismo de adaptarse, que no fuera desesperada. El dispositivo era un ente externo, ajeno a mi cuerpo y a éste le tomaría algún tiempo reconocerlo. Al tercer mes, me paré en el consultorio, y ante mi extremada delgadez, el ginecólogo me mandó hacer análisis de sangre para descartar que estuviera anémica porque tenía el peso de una niña, pero resultó que lo que tenía bajo era el fibrinógeno, principal factor de coagulación de la sangre. A ello se debían los moretones y la falta de apetito.

El médico me recetó una dieta alta en proteínas y, después de que se me desgarró el cuello de la matriz, me quitó el dispositivo.

Saúl no se inmiscuyó ni por curiosidad en los preparativos del bautizo. Todo lo dejó a mi elección. Lo único que convenimos juntos fueron los padrinos. Fuimos muy prácticos: él escogería al padrino y yo a la madrina. Él propuso a su mejor amigo, Mauricio, y yo a mi mejor amiga, Luisa.

A las doce del día, el sacerdote que a mí me había bautizado hizo lo propio con Sara. Después hubo una comida con pocos invitados: algunos familiares y los amigos más cercanos. Sara estuvo feliz con sus primos, mi madre se veía muy contenta repartiendo recuerditos, Saúl se fue muy pronto y yo no podía disimular mi tristeza. Mis tíos me preguntaban por mi estado de salud, porque me veía extremadamente delgada. Algunas otras mujeres me pedían que les pasara la receta. ¡Qué ironía!

A la semana siguiente, mi madre nos invitó a la playa a Sara y a mí. Esas vacaciones no pudieron llegar en mejor momento. Sara y yo jugábamos todo el día, sin prisas, ni preocupaciones, lo que contribuyó a que mi semblante comenzara a verse mejor.

El primer contacto que Sara tuvo con la arena fue muy cauteloso, a diferencia de como había visto que sucedía con otros niños que son más toscos. Sara sumía un dedito en la arena con toda precaución y lo sacaba de inmediato por la fría sensación. Por las noches me traía paseando por todo el hotel. Le encantaba que la sostuviera de las manos mientras ella aprendía a coordinar un pie y luego el otro para equilibrarse. Practicó tanto los primeros dos días, que en el tercero dio sus primeros pasos sola y ya que tomó confianza, hasta recorría corriendo la alberca de lado a lado, y yo detrás de ella. Así fue como hasta el año con tres meses empezó a caminar.

Saúl me pidió que lo llamara todas las tardes a casa de su madre. La primera vez que lo hice, me temblaban las piernas, sinceramente no aguantaba la idea de escuchar indiferencia de su parte.

Saúl siempre contestó el teléfono. Su tono era tierno y cálido, como hacía mucho que no lo escuchaba. Me dijo que nos extrañaba y que nos esperaría ansioso. No quise ilusionarme, pero después de tres días de hablarme tan meloso, caí redondita una vez más.

En cuanto regresé a Morelia, me fui al departamento a fundirme con Saúl en un largo y anhelado abrazo, el cual bastó para reconciliarnos, sin explicaciones, sin reproches y sin nuevos compromisos.

35

Un trabajador de la resinera de mi suegro sufrió quemaduras de tercer grado al cargar una pipa. Debido a la gravedad de su estado, lo trasladarían a un hospital especializado en quemaduras de la ciudad de Guadalajara; sin embargo, falleció antes de que lo subieran a la ambulancia.

Fue un sábado lamentable.

Siempre he sido muy llorona, vivo las desdichas de los otros casi como propias. Cada que miraba a la esposa no podía evitar que rodara una que otra lagrimita por mis mejillas.

Las adversidades tienen su razón de ser, nunca son gratuitas, pero el hecho de perder la vida de algún ser querido así de súbito, me parece una de las pruebas más difíciles de encontrarle sentido. Al menos me consolaba el hecho de que era un matrimonio joven sin hijos.

Para mi suegro, tal situación era bastante favorable, porque «le saldría más barato el asuntito del pendejo que no había tenido precaución y lo había metido en todo ese lío».

Cerraron la resinera para evitar problemas legales. Desempleado de nuevo, Saúl decidió establecer un centro botanero en un local que le ofrecía un tío suyo que vivía en Estados Unidos, a cambio de que pagara una cuenta pendiente del agua y que le diera mantenimiento.

Desde el inicio del proyecto, Saúl me marcó claramente la línea: no quería que estuviera en el lugar por cuestiones de seguridad.

Un centro botanero implica un ambiente más propicio para hombres que para mujeres, debido al alto consumo de bebidas alcohólicas, aunque sigue siendo un lugar familiar porque se permite la entrada de niños.

Saúl estaba muy entusiasmado y yo me conformaba con escuchar cada paso que daba, sin opinar una sola palabra. Debía agradecer que cuando menos me mantenía informada.

Un día antes de la inauguración, Saúl, Natalia, sus padres, dos personas que contrató de cocineros y yo estuvimos pelando papas y zanahorias; picando lechuga, jitomate y cebolla; deshebrando queso y separando tortillas. Hasta Sara se entretuvo llevando y trayendo tortillas de la cocina a la pañalera y viceversa. Nada más imaginarme que esa sería la nueva rutina me daban náuseas porque desde que tengo uso de razón he repelido la cocina.

Nuestros amigos y familiares lograron que la inauguración fuera un éxito. También llegó alguno que otro vecino del lugar. Con ellos fue suficiente para traernos como arañas fumigadas.

A Saúl no le quedó más remedio que aceptar mi ayuda. La única vacante disponible para mí era la de cajera, pero eso ocurrió sólo el primer día, después también fui la afanadora y la mesera.

Los cocineros renunciaron al mes, entonces Saúl resolvió que de ahora en adelante él prepararía las botanas.

Las tareas, obviamente, se nos acumularon a los dos. Los sábados íbamos al mercado a comprar lo necesario para toda la semana. Sara era la única que disfrutaba tales visitas porque regresaba con burbujas de jabón.

Saúl no aguantó el ritmo que el trabajo de chef implicaba, así que le sugerí que una de mis tías, excelente en la cocina y en hacer rendir el dinero, se encargara de ir al mercado y de preparar la comida a cambio de un pago por sus servicios. Con lo que nos ahorraríamos en tiempo, esfuerzo y alimentos, obtendríamos su sueldo.

El tiempo de producción se acortó, mejoró la calidad de los platillos y bajaron los costos, lo cual hizo que también mi nivel de estrés disminuyera considerablemente.

Saúl recogía la comida y yo abría el local, por lo que a veces veía cómo llegaba mi tía con sus ollas en un taxi. Al descubrir que las necesidades del restaurante se solucionaban sin su presencia, a Saúl se le hizo fácil combinar el trabajo del centro botanero con un nuevo trabajo consiguiendo resina para un proveedor de una empresa de Monterrey.

Una noche, Saúl me reclamó que no aportaba al ingreso familiar lo cual, según sus palabras, no le parecía equitativo, porque el único que trabajaba era él, mientras yo podía continuar con mis estudios sin mayores distracciones.

«¿Quéeeeee?», retumbó mi propia voz dentro de mi cabeza. Nomás pegué las pestañas a los párpados haciendo que mis ojos de canica se pusieran grandes.

¿De qué valían mis esfuerzos por mantener un capricho suyo y no mío? Hice una rabieta tremenda que me impidió poner aquellos sentimientos en su justo lugar.

A la mañana siguiente comencé a buscar trabajo y lo conseguí enseguida. Trabajaría como mostradora de productos en una tienda especializada en ventas al mayoreo sólo los sábados y domingos, lo que me permitiría continuar con el trabajo del restaurante entre semana.

No era el empleo que yo esperaba, pero fue el único que me abrió las puertas considerando que yo sólo tenía disponible medio tiempo, porque en las mañanas seguía yendo a clases en la universidad.

Mi trabajo consistía en recitar frases felices sobre el producto que vendía a toda persona que pasara por el pasillo asignado a mi demostración. Lo único que no me agradaba era cuando me encontraba a exprofesores, que sin tapujo alguno, en mi presencia, decían: «mira nomás, tantos dieces en qué acabaron».

Un viernes, Saúl no llegó a dormir al departamento.

Me preocupé porque, aunque ya estaba acostumbrada a que llegara tarde, siempre regresaba antes de las nueve de la mañana para quedarse con Sara, mientras yo me iba a trabajar. Mi suegra no sabía nada de él, entonces no me quedó más remedio que llamarle a mis padres para que se llevaran a Sara porque no tenía la menor idea del paradero de Saúl y no sabía si llegaría antes de que yo tuviera que irme a trabajar.

En cuanto salí a comer, llamé a la casa de mis padres, pero seguían sin saber noticias de él. Antes de regresar al trabajo, volví a llamar. Me contestó Nidia, mi hermana mayor.

—Julia, dice mi mamá que ya no te preocupes —me contestó con su voz flemática.

—¿Por qué?, ¿ya encontraron a Saúl? —le pregunté aliviada.

—Sí. Tuvo que ir de emergencia a Huajúmbaro.

—¿A Huajúmbaro?, pero si ya no tienen la resinera, ¿a qué fue a Huajúmbaro?

—Creo que fue a hacer unos trámites con su papá o algo así, pero que no te alcanzó a avisar.

Seguramente me tragaría ese cuento. Saúl no tenía nada qué hacer en ese lugar.

—¿Y sabes dónde está ahora?

—En el centro botanero. Todavía mis papás no regresan de allá.

—¿Cómo? —no entendía nada. ¿Qué hacían mis papás en el centro botanero?

—Es que cuando hablaste, mi mamá pensó que seguirías muy preocupada, entonces se fue a buscarlo. Hasta hace ratito nos llamó por si tú volvías a llamar.

—¡Ash!

Colgué con tal furia que hasta el teléfono retumbó en la pared. Yo que pensé que algo malo le había sucedido e indudablemente había sido una más de sus borracheras. ¿Qué le costaba avisarme?

Con tanta angustia había olvidado que ese día la hermana de Luisa, mi mejor amiga, cumplía años y lo celebraría con una fiesta de disfraces. Le llamé a Paulina, otra de mis amigas de la universidad, para que pasara por mí al trabajo y nos fuéramos juntas.

Estuvimos un rato jugando con Sara en casa de mis padres y, en cuanto se quedó dormida, nos fuimos a la fiesta.

Después del mal día que había pasado, por fin me pude relajar un rato.

Más tarde llegó Saúl con Natalia y un amigo vecino del centro botanero. Saúl tenía los ojos rojísimos y olía a alcohol a kilómetros de distancia. En cuanto me vio, empezó a fastidiarme con que no debía estar enojada porque él no tenía la culpa de nada, y sin motivo aparente empezó a insultarme.

Natalia pidió un taxi y su amigo me ayudó a llevarlo a la puerta. Nos fuimos todos al departamento y, en cuanto llegamos, me encerré en la recámara.

A la mañana siguiente me fui a trabajar. A pesar del ruido que hice a propósito al arreglarme, ninguno de los tres se despertó.

Salí del trabajo y ya me esperaban mis padres con Sara. Estaba a punto de subir al coche cuando Saúl me tomó del brazo pidiéndome que le regalara unos minutos.

—Chaparra, ¡espérate! Dame una oportunidad de explicarte.

Le pedí a mis padres que me esperaran un poco, cerré la puerta y me hice a un lado para escucharlo, sin decir una palabra.

—La verdad no tengo cara para verte a los ojos, me siento muy mal contigo y conmigo también, por baboso, es más, tú dime lo que sea, me lo merezco.

Pero yo no quería decirle nada, sólo permanecí con los brazos cruzados.

—Me cae que no recuerdo muchas cosas, estaba bastante alcoholizado y se me fueron las cabras feo. Estoy seguro que te falté al respeto.

Saúl hacía pausas, esperando que yo interviniera, pero en verdad yo no tenía ganas de empezar con mis sermones. Mi silencio lo ponía más nervioso.

—¡Ay, me cuesta trabajo expresar mis ideas así como a ti te gusta! Pero estoy haciendo el esfuerzo. Es más, hasta lo ensayé aunque no me creas. Por favor, discúlpame, ¿no? Ya no me veas con esa cara, traigo una cruda moral gigantesca que ya no aguanto.

Cuando me di cuenta de que era lo único que había ensayado y que ya no me diría nada más, le pregunté.

—¿Y eso es todo lo que tienes que decirme?

—Sí. Estoy muy arrepentido. Ni quería venir, me daba pena buscarte, con qué cara. Hasta le dije a Natalia que me acompañara porque… ¡ay no sé! me siento mal, mal, pero aquí estoy con todo y mi vergüenza.

—¡No lo puedo creer! Qué fácil es para ti nomás pararte aquí y decir que te sientes mal y ya.

—No, *pus* si no es fácil. Si te digo que le pensé mucho. Ya te pedí disculpas. ¿Qué más quieres? —Definitivamente, Saúl no entendía indirectas.

—«¿Qué más quieres?» —lo imité irritada—. No verte. Es que para ti todo es tan fácil. Saúl, ahora soy yo la que necesito pensar muchas cosas.

—No seas así.

—Vete del departamento por un tiempo.

—¿De plano? —Saúl sólo pudo abrir los ojos.

—Sí, de plano.

—¡No, manches, chaparra!, yo quiero arreglar las cosas, pero si es lo que quieres, pues como tú digas.

Sin hacer ni siquiera el mínimo esfuerzo, permitió que me fuera.

Más tarde llegó al departamento. Metió unas cuantas prendas de ropa a una mochila y se fue a casa de sus padres.

36

EXTRAÑABA A SAÚL Y SARA también lo echaba de menos. Ya no sabía qué era más difícil de sobrellevar, si sus borracheras o su ausencia.

Decidí ir a buscarlo al restaurante.

—Te extraño mucho —le dije suavemente.

—Yo también —me contestó con la cabeza hacia abajo mientras le daba vueltas con los dedos a un vaso tequilero.

Hice a un lado mi orgullo.

—Saúl, ya no resisto más. Vamos a perdonar todo lo que haya que perdonar y a empezar de cero, con una actitud diferente, con todas las ganas de que nuestro matrimonio sea el lugar más deseado para los dos. ¿Qué dices?

Saúl comenzó a llorar. Me esperaba cualquier otra reacción, menos esa. Se hizo un silencio largo y difícil. Saúl no respondía. Cerré fuerte los ojos para tomar fuerzas, me levanté de la silla con la intención de retirarme, pero me pidió que me quedara.

—No te vayas, espérate.

Empezó a gritar en chiquito, como cuando algo le daba mucho coraje, respiró y me confesó sin poder verme a los ojos:

—Esa noche que no llegué, aquel nefasto fin de semana, te puse los cuernos con una tipa que conocí en el antro al que fui con el gerente de Monterrey.

Ahora yo era la trabada. No me salió ni una palabra, me empezaron a temblar las manos sin poder controlarlas, el corazón se me salía del pecho y la sangre circulaba más deprisa, haciendo que sintiera un calor sofocante.

Aventé una mesa con todas mis fuerzas y salí corriendo de ahí. Me fui lo más rápido que pude al departamento, apachurrando los ojos para no llorar.

Finalmente, bastó con una tarde de disculpas, con una explicación sosa sobre su infidelidad: «sólo fue un beso y no más», frases de arrepentimiento, sollozos, promesas de una vida compartida para que yo lo aceptara una vez más.

Nunca olvidé aquella infidelidad, pero permití que Saúl siguiera en mi vida, tropezando uno con el otro, pero juntos.

Las condiciones fueron las mismas de siempre, acompañadas de una serie de compromisos y promesas que se rompieron a la primera oportunidad; sólo una se cumplió: jamás regresé al centro botanero.

Así fue como le dije adiós a esa idea descabellada que se volvió realidad, muy a mi pesar, pero con la que me encariñé con el tiempo por el esfuerzo invertido. No mucho tiempo después el centro botanero despidió a Saúl, ya que tuvo que cerrarlo porque sus descuidos lo llevaron a la quiebra.

37

LAS DOCE UVAS QUE COMÍ en la cena del último día del año 1999 pidieron un único deseo: estabilidad. Mi padre tenía razón en eso de los años nones desafortunados; anhelaba correr con mejor suerte en el 2000.

Sara estaba por cumplir dos años. La euforia y buena vibra colectiva de la gente, resultado del comienzo de un nuevo siglo, salpicaba mucha energía y yo esperaba que me alcanzara a mí también, cargada de buenas nuevas en todos los ámbitos de mi vida, pero sobre todo, en el sentimental.

Mi rutina se relajó después de que Saúl, sin querer, me quitó de encima la carga del restaurante y el trabajo en la tienda no implicaba esfuerzo alguno, ni físico, ni intelectual, más que la lata de tener ocupados los fines de semana.

Estaba en mi zona de confort, sin tomar las riendas de mi vida, dejando que decidieran por mí, sin asumir responsabilidades, aprendiendo a ser como Saúl, evadiendo mis problemas a manera de protección y creyendo que tenía que aguantar lo que fuera con tal de que Sara gozara de una familia.

Ahora yo también salía por las noches de los fines de semana con mis amigos. Muchas veces llegué borracha al departamento y empecé a fumar cada día más.

Entre semana me la pasaba resolviendo trabajos escolares en la casa de mis amigos; tomando café y comiendo pastelitos en casa de Luisa o en alguna cafetería. A veces Sara me acompañaba; disfrutábamos su gracia y monadas, propias de los niños de su edad.

Sara era una niña inteligente y tierna. Era fácil quedar prendado de ella. Su rostro de facciones finas, sus rizos de afroamericana, su voz pausada y melódica fascinaban hasta a Manuel, el más glacial de mis amigos.

Otras veces, Sara me acompañaba a la universidad. Corrí con la coincidencia de tener profesoras comprensivas que terminaban dando la clase con ella en brazos. Sara ni se inmutaba, ella iba de un lado a otro sin chistar, sonriendo y mirando emocionada a los demás.

Sara prácticamente vivía con sus abuelos maternos. No era de extrañar verla de copiloto en el coche de su Tito (como mis sobrinos y Sara llamaban a mi padre), siendo testigo de sus actividades matutinas: comprando el periódico, pagando el teléfono, el agua, la luz, las tarjetas de crédito; llevando ropa a la tintorería, recogiendo de la escuela a sus primos. Los fines de semana, Sara acompañaba a su Tita, mi madre, al mercado, quien la colmaba de regalos a cada oportunidad.

Saúl y yo nos volvimos espectadores de la vida de Sara.

38

Un domingo, mi padre se puso una tremenda guarapeta. Su costumbre era curarse la cruda tomando un vapor en los baños Azteca al día siguiente, pero esta vez se perdió en un profundo sueño que le duró dos días. Ni siquiera comió y mi madre decía que sólo estaba cansado.

Después, mi padre ya no habló, sólo movía la cabeza negativamente ante cualquier comentario o pregunta del exterior.

Al siguiente domingo, aún permanecía aletargado en la cama.

—¿Y si lo llevamos al Seguro? ¿Qué tal si tiene algo grave? —le pregunté a mi madre.

—Ni digas eso enfrente de él que se pone nervioso.

—Está dormido, no me escucha—. Efectivamente, mi padre roncaba dejando salir el aire por sus labios medio torcidos.

—Es que no quiere levantarse ni que lo llevemos al hospital. Ya le he preguntado varias veces y dice que no con la cabeza.

—Pero no ha comido, mamá, ¿cómo va a tener ganas de levantarse?

—La última vez que me habló, le noté la boca un poco chueca. No sé si porque lo agarré modorro o porque no la podía mover, pero me asusté.

—¡Ay, mamá!, ¿y todavía le pides permiso? Ahora mismo lo llevamos al hospital, aunque no quiera.

—No, espérate. No va querer caminar.

—Pues aunque no quiera, que lo cargue Saúl. Préstame las llaves de tu coche.

Mi padre no podía sostenerse por sí mismo y las palabras le salían entrecortadas. Dejé a Sara al cuidado de mamá Lola y nos fuimos al Seguro Social.

Saúl sentó a mi padre en una de las sillas del área de urgencias y se quedó parado enfrente de él para evitar que se cayera. En tanto, yo fui con una señorita a pedirle ayuda.

—Necesita formarse —me ordenó en tono soberbio, característico de muchas de las enfermeras del Seguro.

—No, señorita, no me está entendiendo —le contesté conteniendo la desesperación—. Mi papá no puede formarse en la fila, ni siquiera puede sostenerse por sí mismo.

—Entonces, ¡fórmese usted!

—¡Se imagina de aquí a que nos toque el turno! Mi papá está grave, no puede esperar tanto tiempo.

—También estas personas, que llegaron primero que su papá, dicen que están graves.

Como tenía razón en ese punto, traté de calmarme para explicarle nuevamente la urgencia.

—Mire, mi papá está muy mal. No puede caminar, ni sostener su cuerpo, ya casi no se le entiende lo que habla, porque tampoco puede mover bien la boca. Lleva ya...

—¿Pero está consciente? —me interrumpió algo interesada.

—Sí, pero...

—Entonces, fórmese usted y en un momento atendemos a su papá. Y cálmese porque así no va a resolver nada.

—¿Por qué no lo ve? Sólo de reojo, verá cómo me da la razón. ¡Ándele, no sea malita! —le supliqué en tono zalamero para ver si así conseguía que lo atendiera.

—¿Quién es?

—El señor del pants oscuro, al que lo está deteniendo aquel hombre alto.

—Mmm, se ve bien. Espere su turno como los demás.

—Usted está siendo negligente —le grité encolerizada—. Entonces mi papá debe estar inconsciente, con muchas heridas o llegar en ambulancia para que lo atiendan.

—¡Sí! —me contestó muy quitada de la pena y continuó escribiendo en unas hojas sin engancharse con mis reclamos.

Mi padre resistió dos microinfartos cerebrales que le paralizaron la mitad del cuerpo. Los médicos ordenaron que permaneciera en observación en terapia intensiva para controlar la presión que seguía por las nubes y evitar que sufriera otro. Nos dijeron que si salía bien librado, pasaría obligadamente algún tiempo en rehabilitación para ver si podía volver a caminar y recuperar el habla, pero no nos garantizaban éxito alguno.

Cuando su presión arterial se estabilizó, salió de terapia intensiva y le asignaron una camilla en una habitación. Ya se le entendía mejor lo que hablaba y gradualmente recuperó la movilidad del cuerpo. Varias veces al día acudían las enfermeras para ayudarlo a practicar los ejercicios de rehabilitación.

El caso de mi padre era extraño porque había pasado mucho tiempo desde que los microinfartos cerebrales sucedieron hasta que recibió atención médica; en apariencia, no hubo secuelas importantes, como la lógica de los médicos suponía.

Era una gran suerte que mi padre se encontrara en tan buenas condiciones. Lo dieron de alta y salió del hospital por su propio pie. Con un par de días le bastó para recuperarse por completo, sin necesidad de ejercicios.

Después de todo, mi padre tenía razón: los años pares le traían buena suerte.

De ahora en adelante mi padre tendría que dejar de beber alcohol por prescripción médica. Si por él mismo no era capaz de hacerlo, tendría que pedir ayuda especializada.

Ése era el tema de conversación que circulaba en casa de mis padres, pero las buenas intenciones se quedaron en la mesa de la cocina porque después de un tiempo, mi padre volvió a tomar.

39

No SÉ QUÉ ES lo que se necesita para zafarse de un vicio.

Mi padre estuvo a punto de quedar inválido físicamente, hasta mentalmente, y no pudo dejar de beber alcohol.

Saúl también estuvo a punto de morir en aquel dramático accidente, incluso perdió la visión de su ojo derecho, pero siguió bebiendo igual.

¿Cómo permite uno llegar hasta ese punto?, ¿cómo solapamos el hecho de que nos hagamos heridas, las curemos y volvamos a exponernos para provocarnos las mismas heridas?

Ahora bien, si ya nos dimos cuenta, ¿cómo le hacemos para salir de ahí?

Llegué a la conclusión de que yo también estaba enferma a causa de un gran vicio arraigado en mi cuerpo, tanto que ya me había acostumbrado a vivir con el dolor que me provocaba su invasión y me había vuelto inmune. Realmente dudaba si lograría sentirme bien sin él en caso de que tuvieran que quitármelo.

Saúl era mi vicio y yo no era capaz de abandonarlo, ni pretendía hacerlo, aunque me lo dijera mil veces.

40

Saúl quiso festejar su cumpleaños número veintidós solo. Ya tenía días nostálgico diciendo que él siempre había deseado viajar y andar en el *rock and roll*, pero con la vida que llevaba, sus quimeras se le estaban escapando de las manos.

Llegó el día de su cumpleaños y no supe de él hasta las cinco de la tarde cuando me llamó a casa de mis padres.

—Chaparra, ¿cómo estás?

—Con gripe ¿y tú?, ¿qué estás haciendo?

—Estoy comiendo con Daniel en la Cantina de los Remedios.

—¡Wow! ¿y tienes para pagar una cuenta ahí?

—Daniel me invitó y mi papá me regaló una lana.

—¡Ah!, ¿y te la estás pasando padre?

—Sí, mucho, pero vente.

—Mmm, ¿seguro?

—Sí, segurísimo.

—¿No que no?

—Sí, ándale.

—No, mejor no voy. Sigo con muchos mocos y siento que me va a dar calentura. Mejor te espero en el departamento.

—¡Ay, no seas aguafiestas, con unos tequilas se te quita!

—Está bien, sólo un ratito.

En el poco tiempo que llevaba ahí, empezaron a llegar muchos amigos suyos de la universidad. Saúl ordenaba más cubas, llamó al mariachi; sus amigos también pedían; unos se iban, los suplían otros diferentes. Yo sólo observaba cómo el mesero recogía vasos y cascos vacíos para regresar con la charola llena, una y otra vez. Discretamente le pregunté a uno de sus amigos más sobrios si los que se habían ido habían dejado dinero para pagar su consumo, pero Saúl me alcanzó a escuchar y me dijo:

—Ay, Julia, no agüites la fiesta, qué importa si se van sin pagar. El chiste es que festejemos bien a toda madre mi cumpleaños.

—¿Cuánto dinero traes? —le pregunté.

—¡Quinientos pesos! —me contestó cínicamente.

Saúl ya estaba ahogado en alcohol.

Pedí la cuenta que sobrepasaba por mucho los quinientos pesos que Saúl traía.

Usé el dinero de la renta del departamento, de la colegiatura de Sara y pasé el sombrero con dos de sus amigos más cercanos. Faltaba un peso para liquidar la cuenta, pero el mesero también puso su parte.

Armando me llevó a recoger a Sara. Saúl ya ni podía hablar bien, pero estaba feliz.

—¿Quéeeeej?, ¿a poco ya sssse acabó el veinte?

—A la que se le acabó el veinte fue a mí, Saúl. Ya no doy más, me voy al departamento.

—Pero a mí noooo.

—No, a ti no. Tú llega cuando creas que ya festejaste lo suficiente.

—¡Éssssa ess mi vieja!

Saúl me llenó de besos y abrazos torpes.

A las doce de la noche, Armando tocó la puerta muy quedito, no el timbre. Abrí la puerta con letargo.

Saúl había intentado cortarse las venas de un brazo, pero estaba bien. Fue lo que me dijo Armando.

Me quedé parada, agarrada de la manija de la puerta tratando de comprender lo que acababa de escuchar. Claudio, el otro amigo de Saúl, compensando la falta de tacto de Armando, continuó relatándome lo sucedido con muchos detalles.

Una vez que me dejaron en el departamento, Saúl se empecinó en querer seguir en la fiesta. Como ya no traían dinero, se fueron a casa de los padres de Saúl y siguieron bebiendo gracias a una botella de ron que Natalia tenía por ahí guardada.

Estaban en la cocina, escuchando un disco de *Caifanes*, cuando Saúl se puso a cantar eufóricamente. Los demás se rieron de él y continuaron platicando, mientras Saúl seguía ensimismado con la canción. Se tiró al piso, rodó por él, se levantó intempestivamente, abrió un cajón, sacó un cuchillo y se cortó a la altura de la muñeca de la mano izquierda. Debido a la borrachera que traía no le atinó exactamente a las venas, pero sí se provocó una herida profunda, la cual empezó a sangrar a borbotones. Lo llevaron de inmediato a la Cruz Roja.

No pasó de ser una herida menor, pero Saúl insistía en su deseo de quitarse la vida. Como no sabían a dónde llevarlo, pensaron que era mejor que estuviera conmigo.

Yo escuché atenta, pero realmente no estaba segura de comprender lo que estaba pasando en esos momentos.

Saúl no quería acostarse, sólo quería salir a la calle. En cuanto se distrajo, le quité las llaves del departamento y cerré la puerta con seguro. Después de algunos minutos de berrinches, se quedó dormido en el piso.

Pensé en esconder los cuchillos de la cocina, pero caí en la cuenta de que ninguno tenía filo; si para partir una manzana me costaba trabajo, supuse que no serían una amenaza para Saúl. Me quedé como búho con los ojos muy vigilantes, totalmente impresionada.

En cuanto salió el sol, llamé a mis padres para que recogieran a Sara de tal forma que yo pudiera asistir a mi asesoría de tesis. Con mucho nerviosismo, dejé solo a Saúl.

Mientras mi asesora me entregaba correcciones de algunos capítulos y observaba el rumbo de mi investigación, yo me transporté años atrás, cuando mi mejor amigo de la secundaria, Valentín, se suicidó. Por más que intentaba concentrarme, yo no podía evitar recordar.

41

Valentín se suicidó cuando faltaban pocos días para terminar la preparatoria.

Valentín y yo siempre fuimos orejas enormes el uno del otro para escuchar nuestras penas de adolescentes desequilibrados. Valentín era mi oso de peluche, que me abrazaba cuando necesitaba sentirme consolada.

Terminamos la secundaria y cada quien ingresó a una escuela diferente. El teléfono seguía siendo nuestro punto de contacto, además de una que otra visita que Valentín me hacía a la casa.

Generalmente yo le llamaba a Valentín cuando me sentía deprimida y quería desahogarme.

—Otra vez ando depre, Vale —le decía.

—Tranquila, Julia. Son rachitas. ¡Anímate!

—No, Vale, no me siento a gusto con nada, ni con nadie.

—Estás exagerando.

—¡Ni siquiera novio tengo!

—Y eso qué, ¿a poco necesitas un novio para estar bien?

—Pues, no, pero me entretendría, ¿no?

—¡Ay, Julia!

—Ya me dan ganas de trabajar, vivir en otro lugar, conocer a otras personas.

—Julia, no puedes beberte los años como agua. Ten paciencia. Ya verás que pronto llegará un nuevo galán, volverás a sonreír y sentirte alegre, como siempre.

—Pues sí, pero mientras, ¡qué desesperación! Me enfada mi vida. Pero tienes razón, es una rachita más. Hay que saber esperar al tiempo.

—¡Órale, qué buena frase!, hasta filósofa saliste.

—¡Ja! Y sí, ¡eh! Déjame anotarla en mi libreta especial. ¿Cómo dije? —y el tono de mi voz cambiaba de triste y apagado, a alegre y alocado.

—¡Ay, Julia, nunca cambiarás! Si no te conociera, juraría que estás loca. Quién como tú.

Una noche, estando con mi galán en turno, observé a lo lejos la silueta de un hombre. Valentín salió de entre las sombras y gritó mi nombre. En cuanto escuché su voz, salí corriendo en busca de sus brazos de oso que me cobijaron de inmediato. Mi novio comprendió que necesitábamos ponernos al corriente con nuestras vidas y se despidió.

Valentín estaba ojeroso, más delgado, más blanco, parecía un espectro. Me suplicó que lo ayudara porque sentía que su ser se encontraba demasiado olvidado. Lo perdió entre tanto espacio vacío que había en su casa. Los cuartos, las paredes, los pasillos, los muebles, todo era inmenso, porque nadie lo habitaba con él, hasta el teléfono se volvió mudo.

—No sé quién soy, ni qué quiero. Me rondan unos sueños psicodélicos. Quisiera vivir sin ataduras, sin tener que llegar a la casa. Me siento mal, de verdad, y no tengo a quién decírselo. Julia, estoy solo.

—Vale, pero aquí estoy yo para escucharte, para estar contigo las veces que necesites. Todo es pasajero, ¿cuántas veces me has dicho a mí lo mismo? Anímate, verás que mañana nos estaremos riendo de nuestras depres, ¿son rachitas, no?

—Pero ahora es diferente Julia. No me dejes solo, te lo suplico. Necesito distraerme, sentir que importo para alguien. Invítame a fiestas con tus amigos, vamos al cine o por un helado, hagamos una reunión con los de la secundaria, no sé. Dejé de comer y me puse mal. Me llevaron a la fuerza a ver al doctor. Ya me estoy reponiendo, ya como mejor; estoy tomando un montón de pastillas, dizque vitaminas, pero ni así, yo me sigo sintiendo mal, ni hambre me da. ¿Para qué comer? Da igual.

—Vale, no hagas eso. Yo todavía te veo muy flaco.

—¡Qué bueno que no me viste hace unos días! Oye, ¿te acuerdas cuando venía a tu casa y siempre me enseñabas una canción nueva que te gustaba?

—Sí! Recuerdas, *I touch my self... when I think about you, I touch my self, I don´t want anybody else...*

—*Oh no, oh no, oh no...* —cantamos a coro y nos reímos, como si la plática hubiera sido sobre cualquier otra cosa.

—¿No tendrás una nueva canción que te guste? ¡Vamos a bailar, Julia! No me dejes solo, no sé de qué sería capaz.

Valentín no me prestó su paciencia en la última llamada, más bien yo me la robé; aquella noche, afuera de mi casa, debí regresársela mientras bailábamos a la luz de las estrellas para que comprendiera que hay que saber esperar al tiempo.

Después del velorio, tuve que organizar la foto de graduación de la preparatoria. Cuando mis compañeros ocuparon su lugar, según las indicaciones del fotógrafo, yo simplemente me quedé parada a un costado.

—¿Y usted, señorita? —me preguntó el señor asombrado.

—No, yo no saldré en la foto —expliqué con firmeza.

No quería dejar testimonio del recuerdo de la muerte de mi mejor amigo.

Una mariposa merodeaba por el lugar. Hubo varios *clicks*, pero la foto no salía sin la presencia de aquel insecto. Mientras se preparaba una vez más el fotógrafo, un comité se encargó de convencerme para que posara con ellos. En cuanto ocupé un lugar, la mariposa se fue; la toma por fin quedó plasmada.

Dormí durante dos días completos. Mi madre no quiso despertarme porque fue el remedio para que yo dejara de llorar.

En esas horas largas tuve un sueño lúcido, a través del cual viajé a una dimensión diferente donde vivos y muertos podían coincidir.

Me encontraba en un sitio al aire libre lleno de niebla. Sólo se veían unas rocas negras y por ahí, en algún lugar, estaba Valentín. No podía verlo, pero sí escucharlo.

—Me pegué un tiro por debajo de la boca con la pistola de mi papá. Caí al suelo al instante, con el rabillo del ojo apenas alcancé a ver la carta que le había dejado a Miriam—. Su novia y una de mis mejores amigas de la secundaria—. Enseguida vi la calle. Había una ambulancia y escuché que Miriam gritó. Después todo fue confuso: oí murmullos, vi líneas de luces de muchos colores, personas, lugares, situaciones; todo acomodado sin ningún patrón aparente. En eso, un flash me transportó a otro lugar. Cuando todo paró, desperté en el cuerpo de una mariposa amarilla.

Pensé: «Valentín era la mariposa que hizo que yo saliera en la foto de mi generación».

—Julia, me duele mi muerte —continuó Valentín.

A mí también me dolía su muerte, me pesaba en todo el cuerpo como plomo.

— Me arrepiento tanto de haberme suicidado. Ahora soy tan vulnerable. ¿Sabes lo que significa tener un cuerpo frágil y saber que viviré poco tiempo? Imagínate lo que es querer ir algún lugar y que un viento te impida llegar, cualquier silbido.

—Vale, todo estará bien, ¿verdad?— Yo lloraba.

—Y cómo saberlo.

—¿Dónde estás?

—Tampoco sé. El aire me lleva, yo no decido. Si hubiera elegido vivir y no morir, Julia, te podría contestar.

—¿Estarás bien? —pregunté con las ganas inmensas de arrebatarle un sí.

—Puede que sí.

—¿Te volveré a ver?

—No.

—¿Me perdonas?

Silencio.

—¿Un último abrazo de oso?

Valentín ya no me contestó.

Desperté desorientada. Me sentía culpable. Si hubiera hecho caso de lo que Valentín me pidió en su última visita, quizá hubiera evitado su muerte, pero ni siquiera le hice una llamada para preguntarle cómo estaba. Fui una más de la lista de personas que lo ignoró ingenuamente pensando que sería una rachita más y sólo eso.

Al día siguiente visité a Miriam. Estaba dormida a causa de los sedantes que le prescribieron. Su madre me contó lo sucedido.

Valentín llevaba meses diciendo que ya no quería vivir. Miriam acudió con un psicólogo, el cual le dijo que la mayoría de las personas que avisan que se quieren suicidar, en realidad no lo hacen. El día que Valentín murió, estaba programada su primera cita con el psicólogo.

La madre de Miriam se enteró minutos después de que Valentín se había disparado, porque eran vecinos. Miriam y su madre llegaron a la casa de Valentín justo en el momento en que estaban recogiendo su cadáver. Miriam intentó acercarse, pero se desmayó. Su mamá la llevó a la Cruz Roja, lugar donde Miriam permaneció en tanto estabilizaban sus signos vitales. Había una ventana cerca por la cual entró una mariposa amarilla. Miriam fijó la mirada en ella.

—¿Verdad que Valentín ya está bien?, ¿verdad que ya dejó de sufrir? —le preguntó a su madre.

Mis lágrimas brotaron silenciosas y recorrieron mis mejillas.

Convertí a Valentín en Dios y todas las noches le rezaba. Lo transformé en un espíritu, que yo invocaba para conseguir consuelo en los momentos difíciles.

A Valentín le faltó una libreta especial como la mía para recordar que «hay que saber esperar al tiempo».

42

A LA MITAD DE LA SESIÓN, le ofrecí una disculpa a mi asesora y regresé al departamento lo más pronto que pude.

Saúl ya estaba despierto, todavía se sentía entre borracho y crudo, y con la idea del suicidio aún en mente. Yo sólo lo escuchaba mientras intentaba serenarme. Comenzó a bromear sobre lo que había hecho.

—Tengo manita, no tengo manita, porque la tengo desconchabadita —cantaba con una leve sonrisa en los labios, que lo transformaban en personaje sacado de una película de terror.

—Saúl tienes que encontrarle un sentido a tu vida—. Me atreví a decirle.

—Es que no hay nada que me haga querer vivir. ¡Nada!

Saúl tenía la mirada perdida, precisamente, en la nada. Yo reprimía las lágrimas, mis manos se me ponían cada vez más frías por el miedo espantoso que sentía.

—Claro que debe haber algo —insistí.

—No —dijo contundente.

«¿Qué significábamos Sara y yo en su vida?», pensé, pero no me atrevía a sugerirle que nosotras éramos motivos importantes para querer luchar, porque me dejó claro que no lo éramos.

—¿Qué es lo que te hace sentir tan mal? Tienes que descubrir qué es lo que te hace daño y superarlo, sobre todo por ti. Tú eres una razón muy importante para vivir.

—¡Ja! ¿Es una broma? ¡Yo soy una broma!

—Saúl, me sorprendes, tú que siempre eres positivo y alegre, ¿cómo es posible que ya no te guste la vida?

—La vida es maravillosa, pero la mía es un infierno.

¿Cómo separar su vida de la mía? ¿Cómo no engancharme? Respiraba y expiraba profundamente para no sentir. Miraba al techo, buscando en mi entrecejo las palabras correctas para Saúl, porque sabía que si me conectaba con el corazón, éste saldría y huiría de mí para siempre.

—Tú lo has dicho Saúl, la vida es maravillosa y depende de nosotros que sea un infierno o un paraíso, debes empezar por quererte tú. Tú haces tu vida como tú quieras. Tú eres valioso.

A través del espejo de Saúl, me empezaron a caer muchos veintes. El consejo que yo le estaba brindando, era precisamente el que yo necesitaba escuchar.

—¿Yo?, yo no valgo nada —seguía lamentándose, Saúl.

—Claro que vales, tú eres importante, tú eres un gran motivo para vivir.

—Yo soy una porquería, ¿ya viste mi mano? Soy un vil cobarde. Ni para matarme sirvo.

—Saúl, no podemos seguir así, ya no sé qué decirte, ni cómo ayudarte. Esto ya se nos fue de las manos.

Tirados en el piso, dejamos que el tiempo se fuera en silencio, cada quién absorto en sus ideas, desahogándonos con la flacidez de nuestros cuerpos y de vez en cuando cruzando la mirada. Después de aquella mudez gelatinosa me dijo:

—Ya me estás ayudando mucho, chaparra. Que estés conmigo me hace sentir mejor.

—¿Te sientes bien como para quedarte solo? Tengo que recoger a Sara, la dejé en casa de mis papás.

—Sí, no te preocupes. Sobrio no tengo la fuerza para intentar quitarme la vida de nuevo. Soy un cobarde.

—¡Ay, Saúl, ya no te castigues así! Eso no te ayudará. ¿Me prometes que no harás nada que te lastime?

—Sí, chaparra, ve por Sara, tengo muchas ganas de verla.

—Te quiero mucho Saúl y tú eres una persona importante para mí. Te necesito y Sara también.

—¡Ay, chaparra, no las merezco! Ustedes no merecen a alguien como yo...

Me levanté del piso y me fui muy desencajada a casa de mis padres.

En cuanto vi a mi madre, me solté a llorar, desesperada.

—¿Qué pasó, Julia? Me asustas.

—Saúl intentó cortarse las venas —le grité sin contenerme.

—¿Pero cuándo?, ¿está bien?, ¿dónde está?

—Ayer en la noche, pero no le atinó y lo atendieron rápido. Ahorita está en el departamento.

—Pero ¿por qué hizo eso?

Buena pregunta, la misma respuesta quería yo saber.

—¡Ay, no sé, mamá!

Y se hizo el silencio.

—¿De qué se supone que debo estar hecha? Mamá, Saúl no me quiere y tampoco a Sara. No puedo dejar de pensar en ello.

—No, Julia. Tú no tienes nada que ver en eso. Seguro estaba borracho, entonces le pegó la loquera.

—¿Qué debo hacer, mamá?, ¿y si lo intenta de nuevo? Me voy a volver loca.

Ya no esperé a que me respondiera, me regresé al departamento, no fuera a ser que me encontrara con una sorpresa desagradable, situación que jamás me perdonaría.

Cuando llegué al departamento con Sara, Saúl estaba acompañado de su padre y de Natalia. Nos abrazó y empezó a comportarse como niño chiquito, se acurrucaba en mi pecho buscando protección maternal. Cada vez que veía su herida, se arrepentía de lo que había hecho porque le quedaría una cicatriz muy evidente, la cual hablaría por sí sola.

Saúl aceptó que tenía problemas con su manera de beber alcohol y que no era capaz de resolverlo solo. Entonces, inició una terapia con una psicóloga que se dedicaba a escucharlo una vez por semana, pero sentía que sólo perdía el tiempo. Así se lo explicó a la psicóloga, pero ésta sólo lo escuchó y tomó notas. Saúl le reiteró su sensación una vez más, pero ésta únicamente registró en su libreta. Desesperado por sentirse ignorado, Saúl dejó de ir.

Poco a poco fuimos postergando aquel trago amargo. Yo repentinamente para poder sobrevivir y Saúl no sé cómo, pero se veía mejor.

No dejó el alcohol, aunque ya controlaba más su forma de beber y ya casi no se ponía borracho, lo cual ya era un acto heroico.

Yo dejé de beber. Ni una gota más de alcohol. Ya era suficiente con las que Saúl le aportaba, en copiosas cantidades, a nuestra relación.

43

Sólo me faltaba un semestre para terminar la licenciatura. La tesis que sería la cereza del pastel estaba casi lista y la ilusión de construir mi carrera profesional comenzaba a aportarle una suculenta adrenalina a mis días.

Me ofrecieron el puesto de Jefa del Departamento de Difusión de la escuela donde Saúl y yo cursamos la preparatoria. Por supuesto, acepté gustosa, tan gustosa como me despedí de mi trabajo como mostradora de productos.

Al fin trabajaría en algo relacionado con mi carrera.

El motor interno que había estado trabajando a marchas forzadas, recibiendo alimentación sólo por parte de mi relación con Sara, sintió un aliciente al aceitarse con las buenas noticias.

La vida comenzaba a vislumbrarse diferente, después de todo estaba transcurriendo un año par.

44

Fue en un viernes.

Saúl me preguntó si quería ir a un bar con su amigo Fito y su novia Brenda.

Fito, quien había sido nuestro testigo en la boda, vivía enfrente de la casa de sus padres y conocía a Saúl desde que eran niños.

Le pregunté a mi madre si Sara se podía quedar a dormir en su casa y, como siempre, me dijo que sí.

Fuimos a cenar unos tacos, después a un bar del centro donde estuvimos hasta la medianoche porque Brenda debía regresar a su casa a esa hora.

Caminamos varias cuadras antes de llegar al lugar donde estacionamos el coche. En el trayecto, del otro lado de la acera, coincidimos con un borracho que se paraba continuamente para escupir; imposible no verlo.

En una esquina, una patrulla de tránsito estaba impidiendo el paso hacia la avenida principal del centro; el único policía a cargo nos miró de reojo.

Continuamos caminando media cuadra más hasta que se nos acercó el borracho a reclamarnos airadamente por qué lo mirábamos «tan gacho».

Intenté apresurar el paso con la intención de que el lado peleonero de Saúl no se avivara, pero el hombre también hizo lo mismo sin dejar de azuzarnos.

Saúl no resistió y lo encaró exigiéndole que se estuviera en paz, pero el hombre le respondió con un tremendo golpe en la mandíbula que lo hizo retroceder hasta perder el equilibrio y caer al suelo, posición que el desconocido aprovechó para seguir pegándole a Saúl con mayor facilidad.

De la oscuridad aparecieron dos hombres corpulentos que también se sumaron a la paliza en contra de Saúl.

La trifulca se armó en cuestión de segundos. Yo sólo alcanzaba a ver a Saúl tirado en el piso, en posición fetal, cubriéndose la cabeza con las manos.

Corrí a donde estaba la patrulla para pedirle ayuda, el único policía que había estaba recargado en la portezuela nomás mirando la escena, sólo le faltaban las palomitas y el refresco.

—¡Uuuy, no, señorita, yo no la puedo ayudar! Yo soy de tránsito —me contestó gesticulando más de la cuenta, cruzando las manos sobre su pecho, totalmente desinteresado.

—¡Pero están golpeando a mi esposo, ¿qué no está viendo?! —le grité.

—¡Cómo no, señorita, de aquí yo lo he visto todo! Usted no se angustie—. Cambió de posición sus pies y se volvió a recargar en la puerta de la patrulla.

—¡Cómo no me voy a preocupar!—. Mi desesperación iba en aumento.

—Ahorita le llamo a una patrulla para que se lleven a esos montoneros, *jijos* de la chingada. No se preocupe, mire, yo vi cómo empezó todo. Usted, cálmese.

—¡Le están poniendo una golpiza! Por lo menos prenda la sirena, con eso todos corren de inmediato —le sugerí desesperada.

—¡Ay, señorita, usted no entiende! Ya le dije que yo no puedo hacer nada, que yo soy de tránsito, estoy imposibilitado para auxiliarla en estos casos, de riña, pues—. Se rascaba el cuello y levantaba la mandíbula mientras hacía una mueca que lograba que su mejilla le apachurrara el ojo izquierdo.

La patrulla no llegaba.

En el lugar donde comenzó todo ya no había nadie. A lo lejos, en la esquina, distinguí las siluetas de Saúl y Fito. Busqué con la mirada a los otros tipos por toda la calle sin éxito.

—¡Vámonos, Brenda!, antes de que llegue la patrulla.

Empecé a caminar, a trotar, a correr, hasta que un golpe en el pecho me sentó en el piso e hizo que también Brenda se cayera como pino de boliche detrás de mí. Pensé: «ya valí». La adrenalina más explosiva que jamás había sentido en la vida logró que me levantara de inmediato. Me di la vuelta con la intención de regresar con el policía, pero el hombre que había empezado el lío me aventó con tal fuerza que sólo pude contorsionarme instintivamente para proteger mi rostro del cemento; me raspé una mejilla y se me tensaron los músculos de la espalda. Como pude, me paré. Descubrí que mis rodillas sangraban. Corrí hacia donde estaba el policía, sin que el fulano pudiera alcanzarme.

En tanto, cuando Saúl vio que me estaban golpeando, se fue al coche por un palo chiquito, pero muy grueso y pesado, de ésos que usan para medirle el aire a las llantas de los tráilers.

—¿Qué está esperando para hacer algo?, ¡eh! Ya también me golpearon a mí, ¿qué más necesita? —le grité al policía retándolo sin ningún tipo de respeto.

—Ya le dije que yo no puedo hacer nada, pero ya está la patrulla a dos cuadras. No se desespere. Mejor ya quédese aquí —respondió igual de tranquilo que la primera vez. —Mire nomás—. Señaló con el dedo hacia atrás de donde yo estaba.

Seguí la dirección señalada. Saúl estaba golpeando con un palo al tipo que se cubría la cabeza con las manos, en la misma posición en la que él tenía a Saúl minutos antes. Los otros dos hombres que se acercaron después se quitaron los cinturones.

Me fui corriendo para avisarle a Saúl que no tardaría en llegar la patrulla, pero el ruido de las sirenas ya se escuchaba en la misma calle. Saúl se detuvo y el fulano salió corriendo.

Lo que sucedió a continuación fue algo que yo jamás creí que viviría en carne propia.

De las patrullas bajaron muchos policías con metralletas. La mayoría le apuntaba a Saúl, que no paraba de correr en círculos ondeando el palo mientras gritaba desesperadamente que lo ayudaran porque habían golpeado a su esposa.

—¿Tú qué haces aquí? —me preguntó un policía.

—Soy su esposa—. Señalé a Saúl con mi mano temblorosa.

El policía cortó cartucho a mi costado, me agarró de un brazo violentamente y me acercó a su rostro.

—¡Dile que suelte el palo!

—¿Yo? —pregunté con apenas un hilo de voz.

—Si no lo calmas y le quitas el palo, se lo va a cargar la chingada, ¿entendiste?

Un frío repentino me impidió reaccionar. El policía continuó:

—O le quitas el palo o se lo quitamos nosotros. Si no quieres verlo con unas balas encima, ¡quítaselo!, ¡muévete, órale!

Me acerqué a Saúl y empezó a gritarme como loco.

—Vete al departamento. Córrele, yo arreglo todo.

Una vez más escuché cómo cortaban cartucho y le supliqué llorando.

—Saúl, ¡suelta el palo!, ¡por favor, hazme caso!

—Ni madres, ¡tú vete!

—Por lo que más quieras, baja la mano. Los policías nos van ayudar, pero si no lo sueltas, te van a disparar. ¡Por favor, no seas necio!

Poco a poco fue bajando la mano; mientras tanto, un policía le quitó el palo por detrás sin que Saúl lo advirtiera. A mí me empujaron a un lado y a él lo esposaron.

La ambulancia ya se había llevado al tipo quien, al fallar en su intento de escape, se había tirado al piso. Los otros dos hombres estaban esposados arriba de una patrulla; y, en otra más, tenían a Fito también esposado. Saúl lo acompañó después. Todavía seguía muy alterado.

—¿Quieres que le avise a mi mamá o a tus papás?, ¿le llamo a alguien?, ¿qué hago? —le pregunté atolondrada a Saúl.

—No, ahorita salgo rápido. Mejor vete a la casa. Bueno, llámale a Daniel por si tengo que soltar lana.

—¡Suban a esas perras! Esas golfas también nos madrearon. ¿A poco las van a dejar ir? Mosquitas muertas, montoneras. ¡Flacas, pero correosas, las hijas de la chingada! —empezaron a gritar los probables amigos del tipo.

A la temblorina de mi cuerpo, se sumó una especie de adrenalina que hacía que quisiera cortarles la lengua de tajo.

—Viejos montoneros, pónganse con unos de su tamaño —les contestó altanera Brenda con su característico tono insulso.

—¿Por qué les gritan así, señoritas?, ¿por ustedes empezó la bronca, verdad? —preguntó en tono sarcástico un policía.

—No, poli, cómo cree. Nosotras no hicimos nada, al contrario, ¡a nosotras nos tiraron! Están ardidos, nomás. A ése que se llevó la ambulancia es al que deben refundir en el bote, él fue quien empezó todo, si no, pregúntele al poli de la esquina y verá —contestó rápidamente Brenda que al parecer se encontraba más cuerda que yo.

Yo no podía hablar. No podía controlar mi quijada, resultado de la mezcla de rabia y miedo. Llegó una ambulancia más, y uno de los policías ordenó que me atendieran. Los paramédicos me revisaron minuciosamente, me limpiaron las heridas de las rodillas y el raspón de la cara.

Estaba noqueada.

Jamás imaginé ser golpeada por un hombre; además, empecé a sentirme culpable porque a Saúl se lo habían llevado a barandilla por defenderme.

Brenda y yo nos quedamos solas en la banqueta. Un joven salió de una casa para ofrecernos su ayuda. Le llamé a mi madre.

—¡Mamá!, necesito que vayas a barandilla. Se acaban de llevar a Saúl porque golpeó a un hombre que está en el hospital —le resumí para ahorrar tiempo.

—Pero, ¿qué pasó?, ¿dónde estás tú?, ¿estás con él?, ¿estás bien, Julia…?

—Sí, yo estoy bien, mamá, pero no quiero darte muchas explicaciones por teléfono. Yo estoy por el centro, voy a tomar un taxi y nos vemos allá.

Brenda hizo lo mismo con su padre.

Al padre de Brenda, abogado de profesión, no le costó trabajo entrar de inmediato a ver a Fito y Saúl.

Enseguida fuimos al Hospital Civil para corroborar el estado de salud del hombre golpeado que resultó llamarse Julián.

Fuimos a la Agencia del Ministerio Público que está a un lado del hospital y el agente me hizo muchas preguntas. Respondí lo más claro que pude sin ocultar nada.

—Ese cabrón no tiene perdón de Dios, me cae de madres que no. Los voy a ayudar, ya verás. Yo no sabía que te había pegado, así ya cambia la cosa. A mí sólo me pasaron el reporte de una riña y que el agresor ya estaba detenido junto con tres más, pero se me hizo raro, porque este pendejo llegó calientito, echando madres y golpeando a todo el que se le paraba enfrente.

—Pero a nosotros nos dijeron que estaba muy grave y que estaba inconsciente.

—¡N´ombre! Así les dicen para asustarlos y sacarles lana. Tiene dos rajadas en la maceta no más, si cuando llegó aquí todavía traía ganas de madrazos, el güey. Que ni te asusten porque si quedó inconsciente no fue por las lesiones, sino por la borrachera que traía y por las madres que se metió, aún no me pasan bien el reporte. Es más, la medicina ni le hacía por lo mismo.

—No sabe qué carga me quita de encima—. Suspiré aliviada.

—Pero si no tiene nada, el hijo de la chingada. Ni te apures por eso, más bien preocúpate porque te la van hacer cansada, van a ver el modo de sacarte lana. Ése sale rapidito del hospital, pero mira, yo te voy a ayudar porque no se vale que le peguen a una mujer. Tú ve con tu marido y dile, antes de que declare, que el palo no lo traía él.

—Pero si cuando llegaron las patrullas, él lo traía en la mano.

—Sí, pues, pérame tantito, déjame acabar. Dile que cuente que el palo ya estaba ahí, que hasta él sintió uno que otro golpe con él y que cuando vio que te estaban pegando fue a defenderte, encontró el palo tirado en la calle y lo agarró, pero que este cabrón se le dejó ir de todas formas y no le quedó de otra más que sonárselo.

—¿De plano?— No daba crédito a la pericia del agente para modificar la versión.

—Sí, pues. Si no, se lo va cargar el payaso, eh. ¿Vienes con tu mamá, verdad?

—Sí, está allá afuera.

—¡Ah!, pues dile que pase.

Ya estaba amaneciendo cuando mi madre y el padre de Brenda salieron de la oficina del agente. El padre de Brenda salió enojadísimo y echando madres.

El agente ofreció ayudarnos a cambio de una buena mordida, como era de esperarse o como se estila en mi México lindo y querido. Mi madre, a diferencia del padre de Brenda, pensó que pagarle la cantidad de dinero que pedía hubiera sido lo mejor para todos.

—En este país sólo se arreglan las cosas con dinero, no hay de otra, Julia. Las leyes sirven, pero sólo si van pegadas de un buen billete. Ojalá no nos arrepintamos después.

—Pero el chavo está bien, mamá, no tiene nada grave.

—¡Uy, Julia! Vas a ver con lo que van a salir. La gente nada más está buscando qué puede sacar de beneficio de las personas. Ojalá me equivoque y que todo se arregle rápido.

Ubicaron a Saúl y a Fito en el área de separos.

Le llamé a Daniel y mi madre telefoneó a David, un abogado amigo de la familia, quien nos aconsejó que yo también presentara mi denuncia para hacer más presión a los familiares. En eso estábamos cuando subieron a Saúl a rendir su declaración. Lo custodiaba un policía. Tenía las manos esposadas, se veía sucio, demacrado, su rostro estaba muy golpeado, hasta lo sentí más delgado cuando lo abracé. Le presenté a David, quien le recomendó decir la verdad.

Saúl aceptó que golpeó a Julián para defenderme. Fito dijo que él no había alcanzado a ver quién le había pegado a Julián porque estaba hasta la otra esquina y la calle estaba muy oscura. Los otros dos fulanos, que nos doblaban la edad, ni siquiera me mencionaron, sólo dijeron que ellos se habían metido en la pelea para defender a Julián, a quien le estaba pegando con un palo el hombre cuya descripción correspondía con la de Saúl y que otro hombre, más delgado y de cabello chino, Fito, le estaba dando unas patadas.

Yo también rendí mi declaración. Las personas del turno estaban molestas porque ya era su hora de salida y habían tenido que quedarse más tiempo. No estaban de humor para esperar a una mujer a la que le temblaban las manos y que mostraba signos de querer llorar a cada instante, y así me lo hicieron saber desde que me senté.

Un licenciado escribía a máquina lo que yo le relataba. Cuando se retrasaba, me leía lo que redactaba, pero no era igual a lo que yo le decía. Le reclamé el hecho de registrara palabras distintas a las mías, pero a él no le importó y continuó.

—Al paso que vamos, nunca terminaremos. Debe apurarle, ya después modifica lo que se le antoje —dijo notoriamente molesto.

—Pero es que usted escribe cosas que yo no he dicho —me atreví a contestar.

—A ver ¿quién es el que sabe cómo se escribe una declaración? —me retó.

—¿Y quién es la que sabe lo que pasó? —mi voz salió arrogante sin querer.

—Nomás eso me faltaba, hasta cínica resultó. Mida sus comentarios —me alzó la voz levantándose un poco del asiento y mirándome hacia abajo para que no me quedara duda de quién era el que tenía el poder en ese lugar.

—Discúlpeme. No quise ser grosera, sólo que yo espero que usted escriba lo que le digo —dije en tono sumiso.

—Vamos a perder más tiempo, pues. Yo escribo lo que me va diciendo, sólo que resumo para que quede más claro. ¡Seguimos, por favor!

Terminamos y me pasó la declaración para firmarla. Empecé a leerla.

—¿Qué está haciendo? ¡Sólo firme! —me ordenó enérgicamente.

—Primero tengo que leer lo que voy a firmar—. Seguí leyendo, a pesar del temor que me inspiraba el licenciado.

—Nomás eso nos faltaba, como si esta mocosa supiera lo que lee —le dijo a una de sus compañeras, que se mofó inmediatamente.

Me sentí acosada, sin la menor idea de qué hacer. Había detalles que yo no había relatado pero ya no quería contribuir a que el licenciado se molestara aún más. Me armé de valor y le dije:

—No voy a firmar hasta que se corrijan algunos datos. Mire, en esta parte…

—¡No! No le haremos ningún cambio.

—Pero es que yo no dije eso y…

—A ver, esta declaración es de rutina y no tiene importancia, después tendrá muchos momentos para modificar lo que quiera. ¡Firme! —me gritó.

David, el abogado, no estaba cerca para preguntarle y ya era demasiada la presión. Después de unos segundos, me dijo en tono burlón:

—Está bien, entonces aquí nos quedamos hasta que a la señora se le antoje, pero mientras su esposo va a pasar más tiempo encerrado.

—Pero es que esto no es lo que yo declaré—. Me resistía a firmar.

—Ya le dije que es de rutina. No tiene que decir exactamente lo que usted dijo—. Cambió el tono en que me hablaba, supongo que con tal de que yo firmara. Así que aproveché para intentar despejar algunas dudas.

—Pero es su obligación hacerle modificaciones si yo quiero, ¿no? Yo no voy a firmar algo que yo no he dicho.

—Por eso, aquí nos quedaremos hasta que a la nena se le antoje firmar. Yo no voy a corregir nada, porque es volver a escribir en la máquina y yo debí haber salido hace dos horas. Ya me quiero ir a dormir, entonces hágale como quiera, pero sólo le digo que está retrasando todo.

El hombre cruzó las manos detrás de su cabeza.

Las lágrimas se me escaparon en el peor de los momentos. El licenciado se enojó aún más.

—Lo que me faltaba. Mira, niñita, no tengo tiempo de estar escuchando tus lloriqueos. ¡Firma y lárgate a la enfermería para que te valoren las lesiones!

Me lanzó la pluma que por poco me pega en la cara.

La conversación de las dos secretarias llamó mi atención. Lo poco que entendí, fue que con el delito que les imputarían no alcanzarían fianza, por lo que los trasladarían «a la grande». Concluí que se referían al caso de Saúl, porque durante su turno no habían tenido más trabajo que ése y pensé que si yo detenía el proceso, perderíamos tiempo valioso para evitar que pisaran la cárcel.

¡La cárcel! Firmé.

Me llevaron a una enfermería con facha de oficina en donde una doctora desaliñada me revisó por encimita del ojo.

—¡Muéstrame los golpes! —me ordenó sin preguntarme mi nombre.

Le señalé el rostro, las rodillas y le comenté:

Un tipo me aventó y me caí muy fuerte en el piso de sentón, es probable que tenga algo en la cadera, porque me duele mucho. Me paré rápido y al girarme me volvió a empujar al suelo. Tuve que hacer un arco para no estrellarme contra el piso y supongo que por eso no aguanto la espalda, a la altura de la cintura, aquí...

—Los golpes internos no se incluyen en el reporte —me interrumpió muy seca.

—¿Por qué no?— No comprendía.

—Porque no tenemos los aparatos para comprobarlos. Limítese a mostrarme los visibles.

Me medía los raspones con una regla y apuntaba. ¿Estaba en una enfermería o en una sastrería?

Para esas horas, a mí ya me empezaba a doler todo el cuerpo. Me levanté la blusa para revisar si tenía más golpes y descubrí muchos moretones a la altura de la cadera.

La doctora siguió midiendo. No aguanté más y me solté a llorar a moco tendido, queriendo encontrar una palabra de aliento.

—¿Sabe?, tengo muchos sentimientos, aquí atorados —señalándole el pecho— de coraje, impotencia, humillación. Mi esposo está ahí adentro por mi culpa, él sólo quería protegerme.

La señorita ni me miró, después de terminar de escribir en su reporte, me dijo:

—Ya se puede ir.

Mi madre estaba hablando una vez más con los familiares de los otros hombres inmiscuidos. En esta ocasión tuvo éxito. Se darían el perdón legal, se pagarían las multas y ese mismo día los dejarían salir.

Un leve suspiro me permitió sentarme por un rato. Me dolía el cuerpo. El sueño se me había ido, pero el cansancio estaba dando sus primeras señales de vida. Me urgía un baño para refrescarme.

El agente nos informó que empezarían el trámite del perdón legal hasta que les enviaran los resultados de la tomografía que le habían realizado a Julián.

Estuvimos esperando más de lo que yo podía soportar. Cuando creíamos que todo se arreglaría, llegó una señorita, hermana de Julián, con unos documentos en la mano y se metió a la oficina.

Después de una hora, salió el agente para informarnos que Julián presentaba un coágulo en la cabeza; como se trataba de una lesión mayor, se perseguía de oficio y el perdón legal ya no era una figura viable para el caso. Trasladarían a Saúl y Fito al Cereso de Mil Cumbres, Julián permanecería en el Hospital Civil custodiado, y los otros dos tipos, después de pagar una multa irrisoria, podrían irse a sus casas.

Y Sara tendría que seguir aguardando en casa de mis padres. Resultaba una bendición estar rodeada de tantas mujeres en mi vida: mamá Lola, mi madre y mis hermanas.

45

—Respira profundo para que por lo menos te vuelva el color a la cara. ¿Te mareaste, verdad?— Escuché la voz de uno de mis cuñados.

Asentí con la cabeza.

Mi cuñado me compró un refresco para que el azúcar me subiera la presión, y continuó:

—No te preocupes, July.

—¡Cómo no me voy a preocupar! ¿Qué pasa si el tipo se muere o queda inválido o si Saúl no sale de la cárcel?

—No pienses en eso ahora. Todo va a salir bien, sólo será cuestión de tiempo.

—Eso es lo que más me asusta.

—Lo único que puedes hacer por lo pronto es comprar una torta y un refresco para que Saúl no traiga el estómago vacío. Seguro hoy no le darán de comer, además debe estar muy asustado.

—Ni siquiera me había puesto a pensar en eso. Yo ni hambre tengo.

—Cambia un billete de cien pesos por monedas para que se las lleve, no más, y dile que no muestre que trae dinero. En caso de que tenga que pagar por algo, que saque una moneda, no todas de un jalón, puede ser que le hagan falta después.

—¿Para qué va a necesitar dinero? —pregunté ingenua.

—Tú así dile, ya luego te explico.

—¿Lo van a sobornar?

—No es nada del otro mundo, July, no te asustes.
Cuando entre al Cereso, los policías o los reos le pedirán
dinero a cambio de protección. Así funciona la cárcel.

Bienvenida al mundo real. Mi burbuja de cristal se
había roto y ésta vez sería imposible repararla.

46

—¿CÓMO ESTÁS? —le pregunté a Saúl lo más dulcemente que pude mientras aún estaba en el área de separos de Policía y Tránsito.

—Chaparra, no comprendo, ¿por qué no me han dejado salir?

Saúl estaba asustado, pero a la vez sereno. Le acerqué la torta que le había comprado.

—Gracias, pero ni hambre tengo con todo este relajo.

—Tienes que intentarlo, no sé si mañana puedas comer algo decente.

—¿Por qué? A ver explícame con peras y manzanas qué está pasando.

—¡Ay, Saúl! —suspiré y continué— lo que pasa es que Julián, así se llama el hombre al que le pegaste, tiene lesiones que ponen en peligro su vida y lo incapacitan temporalmente para realizar sus actividades diarias. Con ese delito, no alcanzas fianza. No podemos pagar para que salgas, pues. En un rato más, te llevarán al Cereso de Mil Cumbres —repetí tal cual me lo dijo mi madre y después David, pero no creo que en ese momento yo tuviera la noción exacta de lo que significaban todas esas palabras.

—¡Pero yo le pegué porque él te pegó! Lo que yo hice tiene justificación.

—Sí, lo sé, pero aquí no importa eso, uno no debe hacer justicia por su propia mano, ya me lo han repetido quién sabe cuántas veces. Ahora sólo nos queda esperar.

—¿Y Fito?, ¿qué fregados tiene él que ver en todo este desmadre?

—El problema es que uno de los tipos mencionó en su declaración que Fito también le pegó a Julián.

—¡Ay, que no jodan! Fito sólo intentó apaciguar la bronca. Pero entonces qué, ¿él tampoco alcanza fianza?

—No, porque no se puede distinguir quién dio los golpes que le provocaron las lesiones al tipo.

—¡No, no, no! Esto ya se hizo un desmadre.

—Sí, Saúl, esto es un relajo y una injusticia, pero ¿qué hacemos? Yo sinceramente pienso en mentarles la madre y me pierdo. Me lleno de coraje y no puedo pensar.

—Pero vamos a salir de todo esto, chaparra, ¿verdad que sí?

—Sí. Sólo prométeme que intentarás estar tranquilo, que serás paciente. ¡Te ruego que te cuides! Prométeme que no te buscarás problemas allá adentro. Sólo será un fin de semana.

—No te preocupes, ya no tengo ganas de saber nada más de peleas. Me las sabré arreglar.

47

Sara quería toda mi atención, me pedía que no dejara de cargarla, pero mis brazos me pesaban descomunalmente. Me acosté con ella, pero Sara quería jugar, cantar; sin embargo, yo apenas podía despegar ligeramente los labios para esbozar una leve sonrisa.

Mi cuerpo estaba exhausto, mis ojos estaban rojos, cansados, mi boca estaba seca. Por más que escuchaba el «te quiero yo y tú a mí» de Barney en la televisión, no podía conectarme con mi lado maternal. Yo sólo quería llorar, dormir, olvidar; tener dos años igual que Sara para que mi madre me abrazara y yo pudiera olvidarme de lo injusta que podía ser la vida.

En cuanto Sara se durmió, me metí a bañar y me fui descubriendo muchos más moretones: en las piernas, en la espalda, en la cintura, en los brazos.

Ese día no comí ni un plato de cereal con leche. Tampoco pude dormir porque en cuanto conciliaba el sueño, me despertaba el ruido de sirenas o metralletas cortando cartucho; también veía imágenes de hombres violados o torturados. A pesar de mi promesa de no pensar más allá, no podría controlar mis sueños ni dormida ni despierta.

Desde ese día me sumí en una tristeza que anunciaba con un letrero de neón en la frente.

48

LLEGUÉ AL CERESO a las siete de la mañana y ya había una fila considerable. De hecho había dos filas. Por fortuna la más corta era la de nuevo ingreso. Ahí esperé cerca de dos horas y media.

Durante ese tiempo observé a la gente que esperaba como yo. La mayoría eran señoras, muchas se conocían, algunas les guardaban el lugar a otras. Casi todas llevaban vestidos humildes, pero formales. Se notaba el arreglo minucioso para el marido o el hijo. Todas llevaban sus bolsas del mercado rebosantes de comida. Su actitud era relajada, no se veían afligidas ni tenían aspecto demacrado, por el contrario, parecían ilusionadas por ingresar. En cambio, las personas de mi fila éramos muy diferentes. A nosotros se nos distinguía por la angustia, por el estado de alerta en el que estábamos, cualquier ruido o movimiento del interior nos causaba interés, mientras que las otras señoras ni se inmutaban, ellas seguían platicando.

Llegué a una ventanilla en donde una señorita me preguntó el nombre del interno al que visitaría. Por más que buscó en sus listas el nombre de Saúl no apareció. Tuve que ir a unas oficinas para que me proporcionaran su número de interno y continuar con el trámite para ingresar.

Lo registraron como Raúl y no como Saúl. Mientras esperaba a que hicieran las correcciones pertinentes, leí varios carteles que informaban que los presos tenían derecho a recibir una cobija a su entrada, que por ningún motivo podían ser sobornados y que si alguien les exigía dinero, era preciso denunciarlo. Parecían bromas de humor negro, ¿quién se las creía?

Regresé a la ventanilla y me asignaron un número. La señorita me hizo varias preguntas con un tono bastante hosco.

—¿Por qué delito entró su esposo? —preguntó como si se tratara del historial clínico.

—Por riña — respondí tajante.

Así era el nuevo mundo que descubrían mis ojos y mis demás sentidos.

—¿Le pegó a usted?

—No.

—¿Segura?

—Si me hubiera pegado a mí, no estaría aquí —contesté con evidente molestia.

—Eso dicen todas. Primero los denuncian y después llegan aquí todas mortificadas.

—No es mi caso.

—¿Entonces, por qué trae la cara golpeada?

¡Qué le importa! Me habría gustado decirle.

—Porque durante la riña a mí también me pegaron.

—Páseme las Actas de Nacimiento.

—¿Cuáles Actas de Nacimiento?, a mí sólo me dijeron que trajera copia del Acta de Matrimonio.

—También démela, pero ¿qué no tiene hijos?

—Sí, una.

—Entonces necesita traerme su Acta para darla de alta y asignarle también un número.

—Pero ¿cómo cree que voy a traer a mi hija a la cárcel, apenas tiene dos años? —le dije entre sorprendida y espantada, nomás de imaginarme a Sara visitando la cárcel.

—¡Aaaay, señora, bájele! Ya le veré aquí de nuevo dentro de unos meses, con todo y chiquilla. Ya puede pasar. Siga la fila de la derecha.

Llegué a un lugar donde me tomaron una foto, que supuse registraron en el sistema de cómputo; me asignaron un número que desde ese momento debía aprenderme de memoria o llevar anotado en un papel.

Seguí en la misma fila, pero ahora para que inspeccionaran la comida. Unos policías abrieron los recipientes y no les bastó con oler los alimentos, sino que además ¡los manosearon! Todo ese control era para verificar que no pasaran drogas o armas.

Enseguida pasé a un área con pequeños cubículos en donde me pusieron varios sellos en las manos y me revisaron cuidadosamente de pies a cabeza. Bajé por unas escaleras hasta llegar al comienzo de un túnel. Ahí había un hombre de seguridad que me pidió el número de visita, lo ingresó en la computadora y, supuse, que apareció la foto que me tomaron al principio. Me observó por unos segundos, me hizo ubicar mi brazo bajo un aparato, el cual leía uno de los sellos que anteriormente me habían colocado y, después, me abrió una puerta eléctrica.

Recorrí el túnel con gran expectación por el miedo que me suponía. Era oscuro, húmedo. El lugar apestaba a orines y alguna que otra mancha de sangre se notaba en el suelo. Se me vinieron a la mente infinidad de imágenes de policías fofos y sin escrúpulos orinándose, drogándose, golpeando a cuantos presos se les antojaba y violándolos con saña de una manera grotesca.

Apresuré el paso, llegué a una puerta ancha que daba al aire libre. Después de tanta oscuridad la luz del día cegó mi vista. Tardé unos segundos en orientarme. Seguí el único camino que había, delimitado por alambrados altos. No se veía nada, sólo pasto a los alrededores, pero en cuanto di la vuelta, apareció ante mí un mundo totalmente diferente y desconocido, compuesto por la amalgama de ruidos característicos de los hombres. Era como si hubiera llegado a una ciudad muy lóbrega de algún largometraje futurista.

Al lugar al que yo iba le llamaban «Ingresos»; estaba cercado por un alambrado que lo separaba de la «Población», que era como le decían a donde vivían los presos que ya cumplían su condena.

El edificio era alto, de concreto, con pequeñas ventanas abarrotadas de rostros encimados unos sobre de otros, atentos a las visitas que llegaban, esperando encontrar a sus familiares o añorándolos por su ausencia.

Enfrente de «Ingresos» se veía el área de «Población». Siempre había unos cuantos presos encaramados a los cercados que esperaban a las visitas para pedirles dinero. Era un grave error quedarse a escucharlos, porque empezaban a contarte la historia más triste de la humanidad para que te compadecieras y les diera unas monedas que usarían para drogarse más tarde. No tenían familiares, ni amigos que los visitaran y la lucidez en sus mentes había desaparecido. Sus ojos eran pálidos, sin brillo, rojos de tanta porquería metida dentro de su cuerpo.

Al entrar al edificio, me registré una vez más y le gritaron a Saúl para que bajara. Me ubicaron en un área con dos hileras de mesas largas y bancas del mismo tamaño a los costados, separadas por un pasillo de no más de un metro. El color de las paredes era gris. De hecho todo el edificio era del color del cemento. Sentada en una de las bancas, esperé por varios minutos.

Poco a poco llegaron más familiares. Saúl bajó vestido con el uniforme de preso. Nos dimos un fuerte abrazo que duró lo necesario para desahogarnos en silencio.

Los dos estábamos desesperados por saber noticias. Él quería conocer su situación legal y yo deseaba averiguar en qué condiciones se encontraba. Le expliqué que el abogado presentaría pruebas para demostrar que las lesiones de Julián no eran de las que ponen en peligro la vida, pero debíamos esperar un tiempo aproximado de semana y media para ver si el juez reclasificaba el delito.

Saúl me contó todo desde el principio. Estando en los separos, lo llevaron junto con Fito y otros hombres a un patio. Ahí los dejaron por espacio de dos horas, parados, sin poder sentarse, ni hablarse entre ellos, mucho menos cubrirse del sol.

En la noche, como en una cadena de elefantes, lo subieron esposado a una camioneta *pickup* junto con Fito y otros dos hombres acusados de robar automóviles. Llegaron al Cereso de Mil Cumbres por una puerta que daba a una bodega, los bajaron violentamente y les ordenaron que se pusieran los uniformes sin mirar hacia atrás. Uno de ellos volteó, por curiosidad o nerviosismo, frente a lo cual los policías cortaron cartucho e hicieron que se pusieran todos de rodillas con las manos en la cabeza. Saúl sintió pánico al momento en que se le acercaron y le susurraron al oído:

—¿Con que muy salsita, no? A ver si aquí te encuentras a alguien que te quite lo machito para que ya no andes de cabrón sonándote a la gente.

Con cada uno hicieron lo mismo, pero el mensaje era diferente de acuerdo al delito cometido. Por un momento creyó que abusarían sexualmente de ellos, pero por fortuna no sucedió. Un custodio les pidió dinero a cambio de protección, todos obedecieron. Pasaron por más casetas internas de vigilancia; en cada una pagaron la cuota correspondiente, de tal suerte que Saúl llegó a su celda con veinte pesos.

La celda medía tres por tres metros, estaba ocupada por tres hombres y, como las luces ya estaban apagadas, Saúl y Fito tuvieron que acomodarse donde y como pudieron porque los otros presos no les regalaron ni un centímetro de espacio. Saúl sólo concilió el sueño por espacios breves porque cualquier sonido, por insignificante que fuera, lo despertaba. Además, la posición en la que estaba le acalambraba las piernas.

Después llegó un mandadero de otro sujeto que ejercía el poder en la galera, y les preguntó si iban a pagar para que «les dieran esquina». Saúl le contestó que ya lo habían hecho en contadas ocasiones con los custodios. El hombre se empezó a reír como si fuera hiena.

—¡Aaaaah, si serán güeyes! Nomás les bajaron la feria a lo puro pendejo. Así son los cabrones de manchados y culeros. Aquí quién rifa es el Satanás y si no le dan su mochada, entonces no responderemos por ustedes. Los negros no tienen nada que ver aquí adentro. Ellos no se meten con nosotros, nosotros no nos metemos con ellos y la fiesta aquí adentro está a todo dar.

—Pero...

—A ver cabrones, para empezar tienen que caerse con cincuenta pesos por piocha y los días de visita nos darán cien varos más. Cada que vengan sus jefecitas, novias, doñas o carnales, quien sea, serán los días de pago.

—¿Y si no pagamos?

—Mira, hijo de la chingada, aquí no te viene bien andar de salsita, eh, ¡cabrón! Entraron por riña ¿no?, *tons* ya se imaginarán las madrinas que les acomodaremos en bola, pa' que sientan lo que es bueno de a *devis*, pendejos. Aquí adentro hay uno que otro que le gusta jalar parejo, así que ustedes dirán. Más les vale que aflojen, si no quieren que los atoren por otro lado.

—Ya sólo me quedan veinte varos. Te juro que ya no traigo más —contestó Saúl rapidísimo y muy asustado.

—*Pus* órale, como van, flojitos y cooperando, pero si mañana no dan la cuota estarán desprotegidos y que Diosito los cuide, porque aquí sí está regacho.

Cuando amaneció, ya con la luz del sol, Saúl pudo comprobar las condiciones del lugar. En la parte del fondo, su celda tenía un baño, un lavamanos y la regadera, las cuales estaban separadas por una barda pequeña que sólo alcanzaba a tapar de la cintura para abajo; no había puertas. Esa área ocupaba la tercera parte del espacio. Del lado derecho había una cama de cemento más pequeña que una de tamaño individual y no había nada más. No podían faltar los pósters de mujeres en traje de baño y en poses *sexys* al lado de las imágenes de la Virgen de Guadalupe.

Les llevaron un mazacote de comida insípido como desayuno, pero a pesar de la mala cara, Saúl lo devoró porque el hambre ya empezaba hacer estragos. En un lapso de treinta horas había bajado tres kilos, según el reporte médico de la enfermería.

Al principio pensó que ese día no se bañaría, pero pronto se dio cuenta que si no lo hacías por voluntad propia, los mismos compañeros de celda te obligaban e incluso te metían con todo y ropa, porque se volvía insoportable la mezcla de olores despedidos por todos los lugares posibles del cuerpo humano.

Minutos después los dejaron salir de la celda para caminar en un pasillo de un metro de ancho por quién sabe cuántos metros de largo, pero en cada galera había aproximadamente entre diez y quince celdas.

Más tarde llegó mi suegra junto con los familiares de Fito. Se fueron sumando mis padres, mi suegro y Natalia, pero se quedaron muy poco tiempo. Mis padres por razones de espacio, mi suegro y mi cuñada para no perderse el partido de futbol del Morelia. Y así de campantes lo dijeron. Jamás llegué a comprender a mi suegro, tan despreocupado, tan de ésos a los que les corre atole por las venas.

Cuando llegó el momento de despedirnos, Saúl me encargó que estuviera al pendiente de su madre, porque ella era la más consternada. ¡Pobrecita de mi suegra!

Afortunadamente estaba a punto de terminar la carrera, por ello sólo cursaba cuatro materias, de las cuales dos eran impartidas por un mismo profesor que nunca iba a dar clase. Por otro lado, llamé al trabajo para excusarme argumentando que me sentía indispuesta del estómago, y como mi jefa era más buena que el pan, me dio la oportunidad de ausentarme por varios días. De tal modo que pude estar disponible de tiempo completo para ayudarle en lo que se pudiera a David, el abogado.

Sara y yo nos hospedamos nuevamente en casa de mis padres para no complicarme más la vida.

El abogado me explicó que, en Michoacán, el delito por el cual acusaban a Saúl está penado con ocho a dieciséis años de prisión; asimismo, me dijo que sólo los delitos que están penados por cinco años o menos alcanzan fianza.

En cuanto escuché la pena, los números ocho y dieciséis se hicieron tan grandes que no cupieron en el espacio imaginario de mi mente.

Los empleados del juzgado, especialmente las mujeres, empezaron a saludarme todas las mañanas. Una de las secretarias me regaló una imagen de San Judas Tadeo, el santo de las causas perdidas, para que me concediera el milagro de que mi esposo saliera pronto.

También fui al Hospital Civil para saber cuál era el estado de salud de Julián, pero nadie me quiso dar ni un solo dato. Fer, mi amiga de la prepa, estaba haciendo su servicio social en otro hospital, pero tenía conocidos ahí, así que me hizo el favor de investigar y encontró que las lesiones de Julián no eran tan graves como nos habían hecho creer. Nunca hubo coágulo alguno, sólo tenía dos heridas en la cabeza, pero no eran de gravedad.

Saúl y Fito se cortaron el cabello a rapa y se camuflajearon rápidamente entre los presos. Cualquier extraño podría afirmar que eran unos verdaderos delincuentes con tan sólo verlos.

Fito no dejaba de sorprenderme. Siempre lo encontraba exageradamente tranquilo, parecía inmune a las incomodidades y peligros de la cárcel. Ya después me enteré que echó mano de técnicas de respiración, meditación y alguno que otro ejercicio de yoga para mantenerse relajado, saberes aprendidos de su madre que era instructora de esa bondadosa herramienta heredada de la cultura hindú.

Un día antes del fallo, en donde el juez consideraría si reclasificaba el delito o no, mi madre habló con David. Supe que el asunto iba mal sólo por ver cómo colgó el teléfono. Mi madre no estilaba las groserías, pero no le hacía falta decirlas cuando se enojaba.

David se había confiado porque el Juez era su conocido, de tal forma que no terminó las pruebas. Sólo tenía un documento que explicaba por qué las lesiones que presentaba Julián no ponían en peligro la vida, pero no había logrado que los médicos lo firmaran, ni los había convencido de que asistieran al juzgado a ratificar el documento.

A la mañana siguiente, mi madre, Daniel, el amigo de Saúl y yo estuvimos tratando de obtener la firma de los médicos sin éxito. Por obvias razones, no se querían meter en líos.

Cuando mi madre solicitó hablar con el director del hospital como último recurso, resultó ser un conocido suyo que en varias ocasiones había disfrutado de la estancia en un departamento en Cancún, propiedad de mi abuelo. Cuando éste se negó a firmar el documento, mi madre se vio en la necesidad de recordarle aquella vieja amistad para, de esa manera, conseguir el reporte médico por parte del Hospital Civil. Una vez que el director dio luz verde, fue fácil conseguir que uno de los médicos asistiera al juzgado para ratificar el documento.

La adrenalina corría por mis venas desenfrenadamente porque el tiempo estaba en nuestra contra, apenas alcanzamos a llegar con la prueba al juzgado. Todavía cuando la Secretaria de Acuerdos empezó a entrevistar al médico, mi corazón seguía revoloteando como mariposa enjaulada.

Resultó que, a pregunta expresa de si las lesiones que presentaba Julián eran de las que ponían en peligro la vida, el médico nunca contestó que no. Repetía que, para ellos, las lesiones tienen otro tipo de clasificaciones: de primer grado, de segundo grado y así sucesivamente. Debido a la ambigüedad en sus respuestas, la licenciada cambió la redacción de la pregunta, pero éste nunca salió de lo mismo.

A las once de la noche, la Secretaria de Acuerdos nos avisó que la prueba no había sido lo suficientemente clara para reclasificar el delito y que el juez había determinado que Saúl y Fito se quedaban en la cárcel.

El juez nunca llegó al juzgado, entonces ¿cómo era posible que diera un fallo de un caso que ni siquiera había leído? La licenciada me explicó que el juez lo había resuelto por teléfono. ¿Por teléfono? Y, para colmo, Fito tampoco salía.

Mi madre se lamentaba una y otra vez por haber recomendado a David. Mi padre no dijo ni una palabra en todo el camino de regreso. Yo, por primera vez en muchos días, lloré a cántaros.

Esa noche me prometí no volver a llorar hasta el día en que Saúl saliera de la cárcel. Y así lo hice.

4 9

LA NOCHE ERA PARDA. Saqué un cigarro, lo prendí, aspiré fuerte, le di el golpe, exhalé.

Sí, regresé a las andadas, a pesar del bajo peso de Sara al nacer.

Bajé siete kilos. La báscula en que me pesé era la misma y mi ropa de pronto me empezó a quedar flojísima.

Conseguí un nuevo abogado, el licenciado Hernández.

Mis labios se calentaron suavemente, me estaba fumando el filtro del cigarro. La noche continuaría parda durante varias lunas más.

50

El padre de mi amiga Luisa me había conseguido una cita para el lunes siguiente con un juez de otro de los juzgados. Era su compadre y estaba en la mejor disposición de ayudarme en lo que estuviera a su alcance. Le expliqué el incidente de principio a fin y con lujo de detalles. Hizo una llamada y me dijo que, desgraciadamente, el asunto no había caído en su juzgado. De haber sido así se hubiera arreglado de inmediato, pero por ahora sólo me quedaba la apelación y encomendarme mucho a Dios.

«¿Encomendarme a Dios?». Supongo que el gesto y mi postura me traicionaron porque ya cuando iba de salida, me sugirió que hablara con el juez, a ver si existía la posibilidad de que lo conmoviera.

Ya no sabía si llorar o gritar del coraje, si creerme una víctima y poner cara de lástima o fajarme las faldas y seguir adelante sin pasar por esos bochornos.

Elegí lo primero. No tenía nada que perder. La dignidad, ésa que dicen que es lo último que se pierde, me parece que yo ya la había perdido tiempo atrás. Además, para andar en esos trotes, uno de los requisitos para sobrevivir es dejar a la dignidad escondida en casa, si no, «no la libras».

Después de muchas horas de espera, el juez me recibió. Le di un breve resumen de cómo habían sucedido los hechos y le confesé mis sentimientos: mi coraje reprimido, la humillación que viví al ser golpeada por un hombre, la impotencia de ver a mi marido tratado de la misma manera que cualquier criminal; Sara, mi hija, sufriendo por las ausencias de sus padres, mis veinte años enfrascados momentáneamente y mi futuro incierto.

El hombre (el juez del Juzgado Primero) no se movió de su silla, sólo me interrumpió para contestar una llamada particular en donde dio muestra de dulces matices en su voz. Cuando colgó, regresó su indiferencia. Al terminar mi relato, empezamos un diálogo bastante forzado.

—¿Y yo qué tengo que ver en ese asunto? —me preguntó mirándome hacia abajo.

—Es que el asunto de mi marido está en este juzgado y...

—¿Y eso qué? Ni siquiera sé de quién me hablas. Reviso tantos asuntos al día que no voy a poner atención a uno en particular, ¿estás de acuerdo?

—Bueno, yo pensé que como ése es su trabajo, sí los tenía presentes—. Mi arrogancia me traicionó.

—Obviaré tal comentario por imprudente.

De soberbios a soberbios, yo me quedaba corta. Continuó siendo irónico:

—¡Ah, sí, claro!, pero si tu marido casi mata a un tal Julián, ¿no?

—Eso no es cierto. Tan no es cierto que ya lo trasladaron y está en enfermería. Si Saúl le pegó fue porque ese tal Julián, como usted le llama, primero le dio una paliza, y como si no le hubiera bastado con eso, después me golpeó a mí, mire aquí—. Y le indiqué con la mano la parte de mi cara lastimada—, todavía tengo moretones.

—Eso es lo que tú dices. Tú misma pudiste hacerte esos golpes. Y, en caso de que tu versión fuera cierta, tu esposo no debió pegarle.

¡Ay, cómo me chocaba que me dijeran eso!

—¿Debió permitir que me pegaran?

—¡Exacto! Uno no debe hacer justicia por su propia mano.

Y dale con eso de la justicia...

—¿Y si yo hubiera sido la hospitalizada o la muerta?

—Entonces, el tal Julián estaría aquí pagando por sus actos, como debe ser, y no tu esposo.

—Discúlpeme que le diga esto, pero no doy crédito a sus palabras.

¿Con qué clase de humano estaba hablando?

—Mira, niña, yo no voy a mover ni un dedo por ti, ni me interesa tu caso, ni me conmueve toda esta historia de tu joven familia frustrada. Eso te pasó por no venir primero conmigo, tal vez hubiera hecho una excepción, pero te ganaron.

Y con tono de tirano, me señaló la salida con sólo la mirada.

Salí más indignada. Entonces, si yo le hubiera ofrecido dinero, ¿Saúl estaría libre? O, en el peor de los casos, si yo estuviera muerta, ¿Saúl estaría libre?

No sabía qué era más insoportable, si adentro donde estaban los presos o a su alrededor, en las oficinas, con tanta gente corrupta y sin vergüenza decidiendo irresponsablemente el rumbo de vida de seres humanos. ¿Cuál era la verdadera razón de su cargo?

Ya me habían dicho que en la cárcel sólo cabían dos tipos de personas: los pobres y los pendejos. Los pobres porque no tienen dinero para pagar sus fianzas y los pendejos por creer en el Sistema Legal Mexicano.

Nosotros no éramos pobres, entonces ¡éramos pende-jos! Bien lo había dicho mi madre: «desde el principio, debimos soltar dinero».

Después de una semana, un amigo de Emilio que tra-bajaba en ese juzgado, me llamó.

—Mira, Julia, tú y yo nunca fuimos amigos, pero con tu hermano sí y por eso me animo a decirte que no me parece justo lo que te está pasando. La verdad es que cuando supe que Saúl cayó aquí por el delito de riña no se me hizo raro porque siempre tuvo fama de peleonero. Después, me enteré que la persona a la que lesionó era un hermano de una abogada y ahijado de un exmagis-trado muy respetado en Morelia. Ella ha venido varias veces y habla directamente con el juez. También supi-mos que soltó dinero para que no reclasificaran el delito.

—¡Claro! Si no tenía nada grave.

—Es más, lo mantuvieron en el Hospital Civil para que no pisara la cárcel, pero no porque necesitara aten-ción médica. El día que le fijaron la fianza, lo traslada-ron a enfermería y en las pocas horas que estuvo ahí se peleó con otro preso, nomás porque le habían dicho que llegaría a un cubículo para él solo. Imagínate la clase de fichita con la que se toparon.

—¡No puede ser!— Mis ojos comenzaron a nublarse por las lágrimas que venían en camino, pero me contu-ve, a pesar de toda la rabia que sentía por dentro.

—La verdad no es justo lo que te está pasando, pero tú síguele y ya no seas tan ingenua. No te puedo decir que te ayudo, porque no puedo, no depende de mí, pero te deseo mucha suerte.

Empecé a llenarme de preguntas éticas y morales so-bre el deber, sobre millones de mexicanos, sobre el país en el que vivía.

¿Cómo sustraerte de tanta mierda sin quedarte impregnada de semejante inmundicia?, ¿cómo no caer en su juego, si tus días cada vez son más asfixiantes y lo único que quieres es encontrar un pequeño agujero por el cual respirar y no morir?, ¿cómo no comprar con dinero tu libertad si no hay otro modo?, ¿o te alineas o te chingas?

Me quedaba claro que Saúl nunca debió pegarle a Julián y que tenía que pagar por ello, pero a qué precio y en qué clase de lugar.

Por primera vez comprendí que nada sucede gratuitamente, que yo misma había construido la realidad que estaba viviendo y nadie más.

Durante el tiempo que estuvimos en la cárcel (me incluyo, porque no es cierto que sólo los presos lo están, sino toda la familia) escuché infinidad de historias tan deprimentes e insólitas, al menos para mí, que parecía que toda mi vida había permanecido en una burbuja de cristal.

Presos matando a otros internos dentro del penal en los días de visita frente a sus esposas e hijos; hombres con condenas de cien años a los que ya no les importaba tomar una vida más; las formas tan delicadas de torturar sin dejar rastro alguno que aplicaban los policías para que los sospechosos de algún delito confesaran lo que ellos quisieran; hombres humildes conviviendo con verdaderos delincuentes, pues no tenían para pagar las multas irrisorias que les asignaban por delitos insignificantes; jóvenes en extrema pobreza que prefieren vivir dentro de una cárcel porque ahí tienen garantizada la comida y las drogas.

¡Qué risa me daba cuando, formada en la fila larga, leía «Centro de Readaptación Social»! Y eso que yo por fortuna sólo pisé el área de Ingresos, lugar donde se supone que están las personas que aún no están procesadas. Con eso me bastó para enterarme de tanta injusticia.

¿Cómo se puede vivir con la conciencia de meter a gente inocente por unos cuantos pesos? Y pensar que, después de algunos años, ese juez fue Titular de la Procuraduría General de Justicia del Estado de Michoacán.

Con esos pocos relatos que viví con la imaginación y el corazón a través de las palabras de otros, valoré las condiciones en las que nací. Ciertamente no podemos elegir las circunstancias en las que nacemos, pero sí podemos construir sobre ellas unas más propicias para llegar a un buen destino. A pesar de que mis condiciones eran prósperas y abundantes, a comparación de las de todos esos hombres que escuché, yo estaba enrolada en la mediocridad, esa ruta que es tan fácil de seguir porque no implica ningún esfuerzo, me gustara o no, lo aceptara o no. Y cuando apenas abría los ojos, obligada por la avalancha de situaciones incómodas en las que me sumergía, yo misma los volvía a cerrar por miedo.

Lo que más me decepcionaba era darme cuenta de que, aún contando con las condiciones para ser feliz, gran parte de mi vida consciente me la pasé inventándome pretextos para jugar el papel de mártir, inyectándome dosis de pensamientos negativos. Pero también comprendí que la única que me ayudaría a dejar esos vicios era yo. Sin embargo, por el momento debía cerrar ciclos. El primero de ellos era que Saúl saliera de la cárcel.

51

—¡Ay, Julita!, por el momento sólo tenemos que esperar a que el caso de Saúl llegue con los magistrados. Ojalá toque con uno que resuelva rápido y vaya al corriente con su trabajo.

Así me mantenía al tanto el licenciado Hernández.

—¿Por qué?, ¿cómo está eso de que resuelva rápido? —le pregunté intrigada.

—Sí, es que la mayoría tienen retrasos de seis meses o hasta de un año.

—¿Cómo?, ¿tardarán seis meses o hasta un año en resolver si sale o no?

Mi entendimiento no podía asimilar tal información.

—¡Uy, no, peor aún! Puede suceder que llegue a una sala en la que comiencen a revisar su caso hasta dentro de seis meses o un año y tarden otro tanto para resolver.

—¡No es cierto!, ¿me está bromeando, verdad?, ¡cómo puede ser eso!

—Pues, así es. Es lo normal, lo anormal es que los magistrados vayan al corriente. Tú has changuitos para que nos toque en la sala uno, dos o siete.

52

LAS VISITAS A LA CÁRCEL se convirtieron en rutina de la noche a la mañana.

Saúl, por su parte, empezó a trabajar de mensajero del edificio de Ingresos para distraerse y salirse del poco espacio en el que vivía.

Dentro de sus tareas, también estaba servir el desayuno, la comida y la cena. Por las tardes, además de llevar y traer mensajes y paquetes, barría los pasillos exteriores del edificio. Lo que menos le gustaba era servir los alimentos, ya que había presos en las otras galeras que, con tal de demostrar y validar su rango de jefes, le tiraban la comida o se la escupían en la cara. Así fue como conoció todo el edificio y comprobó que su galera era la más tranquila de las cuatro que había. En ella se consumía marihuana, pero ninguna otra droga procesada, a comparación de las otras galeras, en donde sí circulaba una gran variedad de narcóticos.

A mí me parecía peligroso que danzara por todos esos rumbos, teniendo acceso a otras personas y llevando quién sabe qué cosas, pero él prefería correr el riesgo para mantenerse ocupado y convertir los días en rutinas que hicieran que el tiempo se pasara más rápido.

Los amigos brillaron por su ausencia. Recuerdo vagamente la visita de dos. En otra ocasión, uno de ellos me llamó para saber si se me ofrecía algo. Yo jamás le toqué el tema a Saúl para no causarle una desilusión más, pero muchas veces pensé en ello y concluí que ir a visitar amigos a un hospital dignifica, pero visitarlos en la cárcel, avergüenza.

Sara era el único motivo alegre de esos días, aprendí a fugarme de mi pesada realidad cuando jugaba con ella, pero era inevitable: la Julia madre, amorosa y dedicada de siempre se había entumecido.

Añoraba ver televisión y pasar una tarde sin mayor preocupación que ésa: la de apretar un botón.

Cuando viajaba en combi, observaba cómo subían y bajaban los pasajeros. Yo me los imaginaba felices y deseaba prestarles mis zapatos con la condición de que no me los regresaran nunca. Envidiaba su libertad, ésa que tanto sostuve que no existía más que como una palabra.

Siempre argumenté que la libertad nos era negada desde la concepción, porque era imposible preguntarte si querías nacer o no. A lo largo de tu vida sólo puedes elegir entre varias opciones, pero nunca algo fuera de lo establecido. Sin embargo, ahora mi campo de visión se había extendido; comprobé que efectivamente gozamos de libertad.

¡Mi libertad, aunque limitada, es preciosa e invaluable! Lo malo era que Saúl no podía respirar aire libre, ese mismo aire que tenemos la bendita oportunidad de llevar a nuestros pulmones todos los días y que paradójicamente no valoramos como tal porque nuestro cuerpo no se detiene a indagar si queremos hacerlo o no, simplemente lo hace por mera supervivencia.

Los changuitos funcionaron. El caso de Saúl llegó a una sala que iba al corriente con su trabajo, así que después de quince días, llegó la fecha de la apelación.

Muy a mi pesar, me vi obligada a conseguir una cantidad modesta para comprar unos lentes especiales que me brindaran la seguridad de que cuando el magistrado revisara las pruebas las leyera correctamente.

En este país, la buena voluntad no cabe cuando se habla de justicia. Te corrompes porque te corrompes, ¡qué otro remedio me quedaba! ¿Decir que no?, ¿cuánto más estaba dispuesta a soportar?

Ahora sólo faltaba comprobar que el magistrado cumpliera su parte y eso lo haría hasta que Saúl estuviera libre.

53

Después de unos seis días, justo un día antes de que se presentaran las pruebas ante el magistrado, volví a rezar.

De pronto, me encontré en la cama hablando con Dios, y aún así le decía con resistencia: «si es que existes». En esos momentos necesitaba asirme de algo fuera de mí, porque yo estaba al borde del abismo. Tampoco podía fiarme de la gente que se encargaba de impartir la justicia en mi país, entonces, ¿a quién podía acudir? Pues a Dios.

Necesitaba creer en Dios, en ese ente que lo puede todo y lo permite, también, todo. No me fue fácil, dejaba de hablar y trataba de dormirme, pero regresaba a ese Dios que nunca supe dónde acomodar, que nunca supe qué significó en mi vida y al que nunca pude recibir en mi corazón porque el cedazo de mi cabeza siempre lo dejaba fuera.

Una serie de contradicciones se revolvieron en mi interior. «¡Ahora sí, verdad!, ahora que te urge alimentar tu fe, acudes a lo que nunca has sido capaz de incorporar a tu vida», me decía a mí misma.

De niña siempre visualicé a Dios como un gran titiritero y a nosotros, los humanos, como marionetas que movía a su antojo. Su público eran las personas que se morían y se iban al cielo. Cada vez que miraba las nubes, buscaba las grandes manos con las que movía los hilos de nuestras vidas. Pensaba: «¡Dios debe ser inmenso para cubrir un cielo que nunca se termina, porque por más que camino no deja de aparecer!»

Siempre confundí a Dios con la imagen de Jesucristo. Eso de la Santísima Trinidad era un concepto demasiado rebuscado para mí y mis clases de catecismo se resumieron en aprenderme de memoria un librito.

Antes de dormirme, rezaba oraciones copiadas de la voz de mamá Lola, pero jamás discutí su contenido, porque así debía ser; además, cuando preguntaba nunca encontraba respuestas, sólo regaños. Por eso asumí que Dios era alguien a quien se le debía temer. Como niña ávida por conocer, me cuestionaba: ¿por qué se adoraba a alguien que nunca nadie había visto?, ¿por qué debías dedicarle la vida?, ¿por qué tenía uno que hablar todas las noches con alguien que no te escucha, ni te da la cara? Cuando rezando el padre nuestro, le pedíamos a Diosito que nos diera el pan nuestro de cada día, reflexionaba: «entonces, ¿mi papá para qué trabaja?».

Dicho cuestionamiento me llevó a definir de manera incipiente mi concepto de destino, porque si Dios era capaz de darte lo que tú quisieras con sólo pedírselo, entonces para qué se esforzaba uno o para qué vivía, si el camino ya estaba escrito y todo era sólo voluntad de Dios.

Mi Dios era egoísta, porque nosotros éramos en función de su deseo, pero no podía expresarme así de él porque mamá Lola me daba un manotazo en la boca por estar pensando tonterías.

—Ándale, muchacha, que el chamuco anda cerca y si te descuidas tantito te lleva al infierno por tus malos pensamientos —me decía mamá Lola.

Entonces empecé a asumir a Dios como parte de los seres humanos y no como principio y fin del universo. La razón de ser de la naturaleza era otra cosa muy independiente de la voluntad de Dios y del hombre, como si el mundo hubiera estado ahí desde siempre y, de pronto, hubiera llegado el ser humano con su sed de respuestas a inventar a Dios como explicación comodín para todo aquello que excedía a su conocimiento.

Muchas incongruencias por parte de sus mismos creyentes, entre el pensar y el actuar, me llevaron a asumir una postura muy respetuosa, pero alejada de la Iglesia y la religión católica.

Mi concepto de Dios comprendía algo mayor que una imagen de otro ser humano como yo. Para mí, Dios estaba dentro de mí, siendo una especie de fuerza o energía. De ahí que lo que yo hago en mi vida es producto de mi esfuerzo y no de la suerte o de la gracia de Dios.

Esa noche viví un gran revoltijo entre mis creencias y mis necesidades espirituales. Comprendí por qué la gente necesita «creer» y vivir con la esperanza de que existen los milagros. Estaba muy confundida y en un arrebato de desesperación le empecé a hablar a Jesús, a ese Jesús de mi niñez.

Le ofrecí disculpas si lo había ofendido con mis pensamientos. Le rogué, le supliqué, le imploré que permitiera que Saúl saliera de la cárcel. Supuse, por tradición familiar, que uno debe ofrecer, además de disculpas, algo más a cambio, y le prometí que, en adelante, dejaría de complicarme la vida y asumiría las consecuencias buenas o malas de mis decisiones de manera responsable.

La verdad es que no tenía nada que ofrecer, nada que me sobrara, al contrario, todo necesitaba, todo me faltaba. ¡Qué va! En el fondo era mi arrogancia la que no me permitía pedirle un favor con la humildad requerida.

Sabía que mi conversación incómoda con Jesús y mi poca fe en él no lograrían que Saúl saliera de la cárcel, pero al menos sentí un gran consuelo.

A la fecha no he vuelto a comunicarme con Dios, ni le he vuelto a pedir un favor del mismo modo como lo hiciera aquella noche.

54

EL MAGISTRADO RECLASIFICÓ el delito. Ahora Saúl y Fito podrían pagar una fianza y recuperar su libertad.

Los ojos del licenciado Hernández se salieron de sus lentes cuando anotó la cantidad de la fianza, que resultó demasiado alta para el delito, considerando los cuarenta días que llevaban presos. Sólo me dijo: «híjole, ahora sí se les pasó la mano, Julita, ni modo, a conseguir el dinero».

Mi madre consiguió casi el total de la fianza en cuestión de media hora, sólo faltaban tres mil pesos. Le encomendé a mi suegra que se los pidiera a mi suegro.

—¡Ay, pero me dijo que no tenía dinero! —me expresó consternada.

—Ni modo que no pueda conseguir tres mil pesos —le dije enfadada.

—Pero, ¿con quién?

—¡Ay, no sé, usted llámele y dígale que ya sólo faltan tres mil pesos!

Mi suegro contestó que hasta el fin de semana le pagarían un dinero, que nos esperáramos a que llegara el sábado.

¡Hasta el sábado!, ¿pero de qué estaba hecho ese señor?

El dinero faltante lo conseguí con Daniel, el amigo de Saúl. Pagamos la fianza a las seis de la tarde y la Secretaria de Acuerdos nos aseguró que ese mismo día saldrían Saúl y Fito.

A las once de la noche los dejaron en libertad.

Nos dimos un abrazo entrecortado, porque todos querían saludarlo. Saúl se dirigió a su padre.

—Gracias por sacarme de la cárcel, papá.

—De nada, sólo hice lo que cualquier padre haría por su hijo —se atrevió a contestar mi suegro.

¡Vaya, vaya, qué escena! Sólo pude enviarle una mirada fulminante a mi suegro, la cual evadió por vergüenza, o al menos eso quise creer.

La libertad de Saúl me liberó a mí también de una gran culpa. Era consciente de que si Saúl no hubiera tomado, se habría evitado la riña. Si no fuera tan violento, jamás habría recibido ni un solo golpe. A mí nadie tuvo que rescatarme. Yo sola pude zafarme de aquel tipo. Pero ¿cómo bajar eso a los sentimientos? Muy en el fondo, sentía que era mi culpa, aunque mi cabeza lo procesara de otro modo.

Esa noche no dormimos porque teníamos tanto de qué hablar, que ni siquiera el día siguiente nos alcanzó.

Si habíamos pasado por esa experiencia, era porque la habíamos ganado a pulso para comprender algo que aún no lográbamos descubrir. Ya no nos quedaba el traje de mártires, porque las cosas siempre pasan por algo y si esta vez no aprendíamos, seguiríamos perdidos sin asumir la responsabilidad de nuestras vidas.

Saúl opinaba lo mismo que yo, se veía tan cambiado, diferente, maduro, y, cómo no, después de haber pasado cuarenta y un días en la cárcel.

55

Un velo de miedo y desconfianza cubrió todo mi cuerpo haciendo que mi vida cambiara radicalmente.

Procuraba pasar más tiempo en casa porque me sentía vulnerable en la calle. Dejé de salir por las noches y los fines de semana por temor a encontrarme con personas como Julián o aquel policía de tránsito incapacitado para auxiliarme.

Comprendí que sólo cuentas contigo mismo, que no puedes confiar en nadie. Una vez más me sentía más sola que nunca, por dentro y por fuera.

Vivía en un país en donde el dinero y las buenas relaciones significaban el poder de hacer lo que quisieras. Estaba asqueada de tanta corrupción.

Pasó mucho tiempo para que yo volviera a sentirme segura, en el sentido de protección y no de autoestima. Aunque ésa también era mi dolor de cabeza.

Los amigos, poco a poco, comenzaron a llegar a la casa. Algunos muy apenados, emitían mil disculpas por no haber visitado a Saúl; algunos otros ni siquiera mencionaban el asunto. Comprendimos que no es fácil pisar un lugar tan duro.

Nos aprendimos de memoria las respuestas, las anécdotas y los sentimientos encontrados de tanto repetirlas a unos y a otros. Las preguntas más comunes eran si sentíamos rencor o por qué no reclamábamos el abuso que cometieron contra nosotros.

Siempre contesté que para mí era un gran aviso de tomarme en serio la vida y de hacerme responsable por mis actos. Por otro lado, quejarme a través de una denuncia era una idea tan lejana, que ni siquiera la vislumbraba en mis nuevos planes. Lo que menos quería era saber de leyes, trámites, abogados, jueces y la «impartición de justicia». El simple hecho de ver a un policía era suficiente para sentir náuseas.

Saúl seguía hablando de su padre como el héroe que lo salvó. Se sentía orgulloso de que hubiera conseguido el dinero porque sabía que estaba pasando una mala racha en ese sentido.

Una vez que nos reincorporamos a nuestras actividades por completo, Saúl me preguntó a quién, además de su padre, se le debía dinero. Comencé con una larga lista, en las que figuraban mi abuelo, Lila, Daniel, los padres de una de mis mejores amigas y los de dos muy amigas de Saúl, y mi madre con la mayor parte. Se llevó una sorpresa al saber que su padre no había dado ni la octava parte de lo que se gastó.

Saúl decidió que saldaría cuentas primero con su amigo Daniel y con los padres de nuestras amigas.

Con Daniel convino que trabajaría en su negocio de celulares para ir abonándole en especie. Mi madre nos prestó para pagarles a los padres de mi amiga y fuimos a hablar con los padres de las amigas de Saúl para agradecerles y llegar a un acuerdo en torno a cómo les pagaríamos. Éstos últimos sentían un gran afecto por Saúl, lo veían como el hijo varón que nunca tuvieron. Además de perdonarle la deuda, le ofrecieron empleo en su casa de materiales.

De ahora en adelante, sería muy difícil que lo contrataran por los antecedentes penales que lo dejaron marcado para siempre. Saúl aceptó y comenzó a trabajar con un horario, sueldo fijo y prestaciones.

Saúl se convirtió en un esposo comprensivo y consentidor. Cuidaba a Sara mientras yo me concentraba de lleno en terminar la tesis y ponerme al corriente con mis trabajos finales del semestre.

Entre Saúl y yo hubo mucha solidaridad en esos días. Comenzamos una etapa más sólida, menos atrabancada y espontánea, pero nuestros sentimientos cambiaron. De parte de Saúl había más gratitud hacia mí. Por mi parte, me sentía confundida. Había terminado tan agotada que ya no quería saber nunca más de ningún tipo de problema, lo cual hizo que la sensatez llegara a mi vida. Saúl era el motivo de mis penas y la hierba mala hay que cortarla de tajo; sin embargo, no eran tan fácil hacerlo.

Comprendí que, individualmente, daba un paso hacia adelante, pero con Saúl daba tres o más para atrás. Por primera vez, la razón pesó y el corazón adolorido se convirtió en una pluma que no bastaba para equilibrar la balanza. Por fin salí del letargo enamorado y empecé a ver las cosas de forma diferente. Ya no estaba dispuesta a recibir lo mismo o menos de lo que yo daba.

Llegó el día de muertos y me sorprendió que Saúl no quisiera ir a Pátzcuaro, como acostumbraba. Sin embargo, ya llegado ese día, me insinuó que fuéramos.

Para los lugareños, ese día regresan los muertos a sus casas para convivir con ellos y compartir la comida y bebida que éstos religiosamente les preparan. Es una gran fiesta con infinidad de símbolos que se representan en ofrendas vestidas con velas, flor de cempasúchil, papel picado, pan de muerto, calaveritas de azúcar, copal, platillos típicos del gusto del difunto y muchos otros elementos dispuestos en varios niveles con razones filosóficas. Para los fuereños, como Saúl, sólo es una gran borrachera con una ambientación maravillosa, una ocasión inigualable para festejar sin dormir en toda la noche.

Yo estaba retrasada con la tesis y no podía darme el lujo de desaprovechar un puente magnífico para ponerme al corriente. Además, nunca me había sentido atraída por las multitudes.

Le dije que yo no iba, pero que no era necesario que se quedara a ver cómo escribía todo el santo día frente a la computadora. En esta ocasión no hubo ninguna advertencia de mi parte, suponía que Saúl ya era consciente de qué debía y no debía hacer, sobre todo porque, si por alguna razón mínima lo detenían, lo regresarían a la cárcel.

Como mi presupuesto todavía no me alcanzaba para comprarme una computadora, seguía trabajando en casa de mis padres. Ese fin de semana completito me quedé a dormir en su casa, junto con Sara, pero sin marido.

La primera noche (que fue la misma en la que Saúl se fue a festejar a los muertos) no pegué el ojo ni para tomar una siesta. Estaba ensimismada con la tesis, cantando a todo pulmón para distraer al sueño que ya pedía a gritos su turno, cuando de pronto me desconcentraron los ruidos de unos chavos que, al parecer, estaban de fiesta.

Eran mi hermano Emilio, su amigo Eduardo, Luisa y Meli, otra amiga. Me asomé por la ventana y el espectáculo que vi fue bastante peculiar, todos cantando, bebidos. Bajé para saludarlos y Luisa me contó que se había encontrado a Saúl, «bien jarra y con la fiesta interna en grande»; estuvieron bailando arriba de una camioneta y después Saúl se fue con unos amigos.

La sangre me hervía y parecía que me iba a brotar de las venas como regadera. Supongo que Luisa, al ver mi estado, trató de componer un poco la versión.

—¡Ay, pero no te preocupes!, estaba tomado, pero no tanto. Digo, andaba feliz, solamente eso.

—Nunca va a entender.

—Te digo que andaba «tranquis».

—¡Tranquis! Bailando arriba de una camioneta, ¿eso es «tranquis»?

—Pero no te enojes, mejor compréndelo y te ahorras el dolor de panza.

—No, ya no estoy para comprenderlo. ¡No soy su mamá!

Cerca del medio día, Saúl me llamó. Se escuchaba borracho todavía. Estaba en la central de autobuses de Pátzcuaro, sin dinero y sin nadie que le diera un aventón a Morelia, sólo había conseguido unos cuantos pesos para hacer una llamada. Quería que fuera a recogerlo. Lo único que le dije fue: «¡estás loco!», y colgué. Dos horas más tarde me pidió que lo recogiera de la central de autobuses de Morelia. Una vez más, le colgué. Ya en la noche apareció con la cola entre las patas, como diría mamá Lola. Por más que intentó separarme de la computadora, no lo logró.

Dejé pasar el fin de semana sin tocar el tema para no desconcentrarme de mis necesidades. Saúl me había enseñado que en nuestra relación el egoísmo se valía, total, con sólo poner cara de angustia y dejar salir una disculpa apenas audible bastaba para perdonar lo que fuera.

Al poco tiempo, me ofrecieron suplir por quince días a una maestra que daba clases de Ciencias de la Comunicación en el bachillerato de la universidad donde cursaba mi licenciatura. Acepté sin pensarlo siquiera. Empecé a ordenar mis días, según mis actividades profesionales y a entretener mi pensamiento con nuevos aspectos de mi vida que no tenían nada que ver con Saúl. Pasaron los quince días de la suplencia y me quedé con la clase. La profesora jamás regresó.

Una vez más hablé seriamente con Saúl. El chistecito del día de muertos para mí no había tenido gracia. Estaba harta de su irresponsabilidad y ya no quería cargar más con sus consecuencias, ya no estaba dispuesta a sufrir innecesariamente. Me urgía un verdadero marido en el cual apoyarme y sentirme protegida, no un marido al que tuviera que sacar de barandilla, de hospitales, de restaurantes o bares. Vivía con la angustia permanente esperando el siguiente problema y ya no lo toleraría más. Si mi marido de papel no dejaba de ser de papel, sería mejor que nos divorciáramos.

Le di una oportunidad más, como siempre, pero ya no guardaba la esperanza de un cambio, por el contrario, tenía unas ganas inmensas de que Saúl se equivocara lo más pronto posible para acabar de una vez por todas con este cuento de hadas que se convirtió en una completa farsa, en una obra de teatro tan dramática que el público pedía a gritos que terminara y en la que la protagonista por primera vez empezaba a comprender la imperiosa necesidad de un final.

56

ME EMPECÉ A ACOSTUMBRAR a esa nueva vida que me suponía seguir con el padre de mi hija, pero sin que fuera mi esposo. Algo así como una sociedad que sólo se establece para dividirse los gastos, pero no para multiplicar sus potencialidades.

Me despertaba temprano para dar clases en la universidad y, después, a tomar las mías que, al final del semestre, se convirtieron en partidas de dominó porque el profesor siempre nos dejaba plantados. Si hubiera estado en primer año, habría amado al maestro, pero en mis circunstancias, me parecía una reverenda mentada de madre. Después me iba a la preparatoria a trabajar.

Recogía a Sara de la guardería y me iba a casa de mis padres a comer. Ya por la tarde regresaba al departamento. Veíamos un rato televisión, jugábamos a tomar el té con los amigos felpudos, coloreábamos o bailábamos. A veces Saúl llegaba temprano, algunas más tarde y otras no llegaba. Ahora esperaba que sucediera lo último cada noche. Mientras menos tiempo estuviera con él, era mejor para mí.

Cuando Sara se quedaba dormida, comenzaba a estudiar, a resolver tareas o a preparar clase, evitando meterme en la cama al mismo tiempo que Saúl. Me desvelaba muchísimo, pero valía la pena, aunque no lo hacía conscientemente.

Los fines de semana me iba con mis amigos a divertirme y rara vez salía con Saúl. Llegó un momento en que sólo coincidíamos en las reuniones familiares, y cuando eso sucedía, nos poníamos al corriente de lo cotidiano, nada íntimo, nada personal.

Llegó diciembre y el día de mi graduación. Fuimos a comer a un restaurante del centro con mis amigos y nuestras respectivas familias. Saúl me sobraba.

Después fuimos a celebrar a un bar. Entre las cervezas de la tarde y las que se fueron sumando durante la noche, mi cuerpo ya no advertía lo que debía hacer o decir.

Saúl era mi sombra. Yo estaba bailando con mis amigos, sin hacerle caso, pero él seguía a un lado mío. Llegó mi hermano con sus amigos y yo me desenfrené. Saúl seguía parado ahí, como perro faldero.

—¿Estarías más a gusto sola, verdad?— Reaccionó un poco tarde.

—Es probable —le contesté sin siquiera mirarlo.

—¿Quieres que me vaya?

—Me da igual.

Yo tenía tanto que festejar, que no permitiría que Saúl opacara ni un minuto más de mi vida. Al fin había terminado mi carrera universitaria. Por primera vez culminaba algo y no lo había dejado a medias ni había esperado a que otros lo concluyeran por mí. Significaba tanto en mi vida. Me sentía con fuerza, me sentía grande, me sentía alcoholizada, también. Miraba a Saúl y me parecía tan insignificante.

Yo seguí bailando hasta que Saúl no aguantó, pero en lugar de irse, me tomó del brazo y me dijo:

—Ya bebiste demasiado, ¡vámonos!

Así que me puse ruda e impertinente. Y que me brota el inconsciente para batear a la conciencia logrando un *home run*.

—El que se va eres tú, yo me quedo —le contesté retándolo, queriendo con todas mis fuerzas que se fuera de una vez y para siempre de mi vida.

Intervino Emilio.

—Julia, ¡cálmate! Saúl tiene razón, ya es tarde, mejor vámonos.

—Que se vaya él. Él es el que se quiere ir, no yo.

—Julia, ya estás tomada. De todos modos yo ya me voy y quién te llevaría.

—Me voy en un taxi.

—Mejor yo te llevo.

—¡Qué aguafiestas me saliste!, ¿de cuándo acá quieres irte tú de una fiesta?

—Julia, ya es muy tarde —me seguía insistiendo Emilio.

—¿En serio ya te vas? ¿me lo juras?

—Te lo juro, mira, ya todos nos vamos.

—Está bien, así sí. De todas maneras ya tengo sueño.

Saúl salió detrás de mí. Quiso abrazarme, pero yo me zafé. Lo intentó una vez más y me enojé tanto que exploté.

—¡Con una fregada, qué no te queda claro que no te soporto!

—Julia, ¡cálmate!, ¿qué te sucede? —me dijo extrañado, Emilio.

Saúl no dijo nada. No sé si Emilio lo cohibió o simplemente no sabía qué hacer.

—Que ya no quiero en mi vida a Saúl, eso me sucede. ¿Qué no soy clara?

—Julia, estás borracha, ya no digas tonterías — continuó Emilio.

—Si por primera vez digo lo que siento. Ya estoy hasta el gorro de hacer lo que se debe, de ser lo que no soy ni quiero ser. Ya me cansé de ser la esposa sufrida y abnegada. Ya no quiero. ¡Ya no puedo!

—Saúl, no le hagas caso, está borracha, no sabe lo que dice.

¡Quién lo diría! Emilio mediando una pelea entre Saúl y yo.

—No digas cosas de las cuales te puedes arrepentir mañana, Julia. Te voy a llevar a casa de mis papás y ahí se duermen, ¿va?

—No, si me vas a llevar, llévame a mi casa, pero a Saúl no.

—Me llevo a los dos. Y ya arreglas lo que quieras mañana que estés sobria.

Me subí al coche y Saúl también.

Llegué a mi cama y me quedé dormida súbitamente.

Al día siguiente, todo siguió su curso normal. No hubo reclamos y, por supuesto, ya no tuve el valor de terminar la conversación más cuerda que hasta entonces había tenido.

Llegaron las fiestas decembrinas, las hermanas de mi suegra pasarían navidad en Querétaro y, por consiguiente, nosotros iríamos, pero yo no tenía ganas. Entonces, Saúl tampoco fue. Ahora se hacía lo que yo decía sin negociaciones ni discusiones.

La primera semana del año 2001, todavía de vacaciones, no salí de mi casa. Me levantaba tarde, desayunaba en la cama con Sara, jugábamos todo el día, arreglábamos el departamento y veíamos películas hasta que llegaba Saúl y se rompía el encanto.

Llegó el fin de semana y se me movió el piso. ¿Qué estaba haciendo con mi vida?, ¿cuánto tiempo podría aguantar así?

Ese año cumpliría veintitrés y Sara tres años. De la noche a la mañana se me cambió el chip. Este nuevo incluía un apartado llamado responsabilidad. Como por arte de magia me cayó el veinte de que era mi tarea construir mi vida. Siempre me dejé llevar por otros, por las circunstancias, por los miedos, por los caprichos, por el momento. Y entonces caí en la cuenta de que quería tener planes y sueños, como la gente normal que madura. Así que empecé a esbozarlos. Saúl no entraba en ellos, pero seguía estando como mi sombra.

Dejé en *stand by* mi situación sentimental. De todos modos, Saúl no exigía, ni reclamaba, ni opinaba, pero seguía ahí. Implementaría ideas buenísimas en mi trabajo, continuaría dando clases, me titularía y me convertiría en la mejor madre del mundo.

Mientras yo cumplía fielmente mi plan, Saúl se volvía invisible, lo cual me daba oportunidad de seguir simulando una familia estable.

Un día, Saúl me invitó un café.

Llegué puntual a la cita y Saúl ya me esperaba con un libro en las manos. Se veía tan extraño: ¡Saúl, leyendo! ¿Cuándo es el momento justo en que una deja de conocer a su pareja hasta el grado de desconocerlo por completo?

—¿Qué lees? —le dije a manera de saludo.

—Un libro de Hermann Hesse que encontré en la casa de mi mamá—. Saúl tuvo que cerrar la tapa para decirme el nombre del autor.

—¡Vaya! Qué raro es verte leyendo—. Me senté enfrente de él.

—Aunque no lo creas, también me gusta, nomás que no devoro libros como tú.

—Bueno, ¿y para qué soy buena? —le pregunté algo desinteresada en este asunto del café.

—¿Para qué eres buena, Julia? Para muchas cosas, ¿sabes?— Me lanzó una mirada lasciva.

—No seas tonto, para qué querías verme en un café—. Me quité la chamarra que traía puesta y la acomodé en el perchero de al lado.

—Porque últimamente ya no sé qué hacer.

—¿Te pasó algo en el trabajo? —le pregunté sin gran interés.

—No. Lo que me pasa es que mi mujer ya no me quiere.

Vaya que me sorprendió su afirmación, pero tampoco me extrañó.

—¡Qué grueso! —le dije alargando las palabras.

—Julia, no me pongas las cosas más difíciles. ¿Es cierto lo que siento?, ¿ya no me quieres, verdad? —su voz reflejaba desesperación.

Alisé la servilleta que tenía sobre mis piernas, le pedí un té al mesero y me dispuse a contestarle largo y tendido.

—Te voy a contar una historia que responderá a tu pregunta. Ésta era una vez una mujer ilusionada e ingenua que quedó embarazada de su novio. El novio no quería casarse y le puso el cuerno un par de veces, pero a pesar de todo eso se casaron. Ella se hizo cargo sola del primer año de su hija, mientras su esposo seguía poniéndole el cuerno y divirtiéndose de lo lindo porque no vivían juntos. El hombre se accidentó y dejó de estudiar. Se mudaron y, al poco tiempo, éste la quiso abandonar, pero siguieron juntos. Más tarde, él se quiso suicidar porque no tenía ni un motivo que lo hiciera querer vivir. Hace apenas unos meses lo metieron a la cárcel. Ella terminó su carrera y a él eso no le gusta. Ella quiere trabajar, superarse, tener éxito, construir un patrimonio y él siempre le dice que no podrá con tantas responsabilidades, pero siguen juntos. Todo eso le ha pasado a esta mujer en tan sólo tres años de casada y sólo un año de vivir juntos. ¿Qué crees que yo le debería aconsejar a esta mujer?

Saúl se quedó perplejo, bajó la mirada y contestó susurrando:

—Que ya no siga con ese güey.

—Sí, ésa es la misma respuesta que he pensado yo también, pero la mujer no sabe cómo dejarlo —contesté muy campante mientras le ponía las tres cucharaditas obligadas de azúcar al té.

—De plano, ¿ya no sientes nada por mí, chaparra?

—Esa pregunta no me la había hecho tal cual. Pero no. Ya no te quiero. Bueno, eres el papá de Sara. Siento que debemos estar juntos para siempre y eso a veces me confunde. Mi mamá y los cuentos de hadas siempre dicen: «y vivieron felices para siempre».

—¿Y en dónde he estado yo todo este tiempo?

—Mmm, no sé, haciendo lo que te gusta, supongo; metiéndote en problemas.

—¿Y ni te interesa, verdad? Mira qué relajada estás, hasta parece que estamos hablando de cualquier otra cosa.

—Esperé ingenuamente tanto de ti y la desilusión ha sido tan grande que ya no conservo ni un sentimiento para ti, Saúl, ni bueno ni malo.

—He sido un verdadero idiota, un patán, un imbécil, cómo no me había dado cuenta. No me importa que ya no me quieras, voy hacer hasta lo imposible para que te enamores de mí otra vez.

—¿A pesar de lo que te acabo de decir? —le pregunté incrédula.

—Sí, porque no inventes, se siente horrible que ya no le importes a tu esposa.

—¡Vaya, qué profundo!— No pude evitar decirlo con ironía.

—No te entiendo.

—Lo sé.

Saúl nunca entendía.

—¡Qué mal! —dijo con tristeza.

—¿Y luego? —retomé el rumbo de la conversación.

—¿Ya no quieres seguir conmigo?

—No lo sé. A veces, me siento cobarde.

—¿Por qué?

—Porque no me atrevo a tomar esa decisión.

—Seguro es porque aún me quieres, chaparra. No se puede acabar todo así, de buenas a primeras—. De pronto un destello iluminó los ojos de Saúl.

—¡De buenas a primeras!— Era increíble que Saúl minimizara así todo lo que había pasado en nuestra relación.

—No, bueno, no quise decirlo así. ¡Tenemos una casa y una hija!

Ya ni siquiera puse atención a la última frase. Pensé en voz alta.

—¡Somos tan diferentes! Como dices tú, ¿dónde andaba yo que no me daba cuenta?

—No, no, no, no digas esas cosas. Vamos a darnos otra oportunidad, pero ya bien, echándole ganas. Alguna vez tú me propusiste que empezáramos de nuevo, ¿borrón y cuenta nueva, va?

—Pero ya no siento nada por ti, Saúl. Si ahora te hablo tan quitada de la pena es, precisamente, porque ya no hay un lugar en mi corazón para ti.

—¿Nada, nada?

—No. Lo siento mucho.

—Entonces, yo haré todo por los dos. No me importa que ya no me quieras, yo te reconquistaré. ¿Quieres seguir siendo mi esposa?

¡Aaaaay, qué pregunta! ¿Por qué me era tan difícil decir no? Me pesaba tanto la responsabilidad de un «no». «Julia, mira, está poniendo de su parte». «¿A poco serás tú la que vas a dejar a Sara sin una familia?». «Dale otra oportunidad, qué pierdes, a lo mejor ganas». «Si ya lo quisiste una vez, puede ser que otra vez llegues a quererlo». «¿Podrías soportar el fracaso de tu matrimonio?».

Ojalá hubiera estado borracha para batear a mi superego con sus pensamientos moralistas.

—Sí —respondí con tristeza.

—¡Claro! Verás que todo será distinto—. Saúl se mostraba muy ilusionado.

Pero nada fue distinto para mí.

Saúl ya sólo era y seguiría siendo el padre de mi hija. Comencé a encontrarle un sentido más a mi parte profesional: la fuga perfecta. Empecé un diplomado en estrategias didácticas para llenar mi tiempo con más cosas que hacer que no se relacionaran con Saúl.

Nuestros diálogos se convirtieron en monólogos, después ya no hablábamos más que de Sara, de sus padres o los míos. Los lugares comunes poco a poco fueron desapareciendo.

Todas las mañanas me levantaba con el deseo inmenso de querer otra vez a Saúl y todas las noches dormía agotada por no lograrlo. Mi zona de confort me estaba quedando chica, como cuando de niña crecía y los zapatos me empezaban a lastimar los dedos. Mi relación me cansaba y me dolía.

Comencé a descubrir que el hecho de estar sola pero acompañada era más deprimente que estar sola a secas.

57

Ojalá hubiera sido más consciente de mi propia fragilidad.

58

La independencia económica empezó a llenar mi apartado de autoestima. Y ésta última significó el empujón necesario para saber cómo quitarse una sombra.

Me bajé del ring y desde ahí comprendí cómo era Saúl y que así debía aceptarlo, sin tratar de modificarlo como si fuera plastilina que pudiera hacer y deshacer a mi antojo. Ésa era la única manera de formar una familia estable: reconociéndolo con todo lo negativo y lo positivo; sin embargo, ya no estaba tan segura de querer intentarlo.

Sara era mi único motivo para hacer un último esfuerzo, pero simplemente Saúl seguía sin llenar mi traje de marido y ahora tenía la certeza de que nunca lo haría.

Cada vez que alguien me ofrecía participar en un proyecto, Saúl seguía diciéndome que lo rechazara, a pesar de su reciente promesa de apoyarme. Era como si yo tuviera todo listo para volar y él siempre me cortara un pedacito de ala para que no lo lograra.

Saúl seguía con su mismo ritmo de vida y eso que estaba en el proceso de reconquistarme. Las salidas de los fines de semana quedaron relegadas por un tiempo, pero después el río volvió a su cauce habitual.

Una madrugada me despertó. Me llevó a la cocina y me platicó que había ido a un antro con un amigo, en donde conoció a una mujer que lo invitó a su casa. Cuando llegaron, ésta se desvistió delante de él y Saúl le dijo: «estás muy bonita, tu cuerpo es muy sensual, pero mejor vístete porque yo tengo esposa».

Saúl estaba sorprendido y orgulloso de su reacción, tanto que hasta me despertó para contarme su heroica hazaña de hombre macho. Yo que pensaba que no podían pasarle más sucesos extraordinarios a nuestra relación, ahí tenía delante de mí a Saúl con su cara de estúpido esperando una felicitación de mi parte. Sentí lástima por él. Mi corazón estaba tan blindado con curitas, que ya nada, ni Saúl mismo, podía provocar dolor en él.

Poner todo en su justa dimensión fue más difícil de lo que yo pensaba. La idea de que el matrimonio era para toda la vida y que teníamos a una hija, pesaban demasiado. Miles de preguntas me rondaban como fantasmas. ¿Qué pasaría con Sara si yo me divorciaba?, ¿qué pasaría si seguía con Saúl y a la vuelta de veinte años me arrepentía por no haber tomado la decisión a tiempo?, ¿qué pasaría si, en la vejez, al hacer el recuento de mi vida, sólo encontraba frustración y amargura?

Esta vez fui yo quien le pidió a Saúl un tiempo para aclarar mis sentimientos. Era un hecho que no era feliz a su lado, que no había perdonado sus infidelidades, su falta de compromiso y, sobre todo, que por más que intentaba, no lograba quererlo una vez más.

Le fue difícil aceptar mis palabras. Negaba lo que le estaba diciendo, supongo que vivió algo muy similar a lo que yo sentí tiempo atrás con su frase: «ya se me fue la chispa, ya no te quiero». Sin embargo aceptó mi propuesta de separarnos sin tanto lío ni discusiones sordas.

Los días que viví sin Saúl, los pasé mejor de lo que

yo esperaba. No lo extrañaba, no lo necesitaba y lo más maravilloso era la tranquilidad que sentía.

No dejaba de pensar en Sara. Comprendí que no podría ofrecerle una vida estable si no estaba bien conmigo misma. Lo más adecuado para mí era el divorcio, pero ¿para Sara?, ¿qué era lo mejor para ella? ¿Y si me equivocaba?, ¿Sara me perdonaría?, ¿me perdonaría yo misma?

En una de esas noches, tomé sus diarios escritos por mí y empecé a leerlos. En ellos, encontré puras imágenes que quisiera borrar de mi mente para siempre.

59

Estaba sentada en el futuro. Incontables arrugas enmarcaban mis ojos que se hacían chiquitos para poder leer una libreta de pasta dura que apenas podían sostener unas manos fruncidas por el cansancio de los años. A un lado había una torre considerable de libretas de pasta dura apiladas caóticamente, esperando el turno para ser leídas, todas ellas colmadas de letras que simulaban estar escritas con tinta rosita, pero era un trabajo burdo, malogrado.

Yo seguiría en el mismo sitio, cometiendo los mismos errores y quejándome de los años nones, de la vida tan espinosa que me había tocado padecer como una especie de herencia irremediable.

Un terrible vacío interior que se sintió como ráfaga de viento me hizo despertar de mi ensoñación. Sara me estaba viendo, me sonrió y corrió hacia mí para colgarse de mis brazos.

Ya no habría marcha atrás.

60

Soy un cuerpo remendado con hilos visibles
    e invisibles.
Un alma en tránsito que todavía no llegará
    a vieja.
Soy porque quiero
porque debo
porque necesito
Soy porque soy

Mañana me levantaré temprano, despertaré a Sara
con un estrujado beso en la mejilla y emprenderé de
nuevo un gran viaje con el corazón por delante y con la
cabeza bien puesta para que me recuerde, cuando falle
o tenga duda, que ningún error es malo, si se reconoce
a tiempo y se aprende del mismo.
    Mañana será otro día.

61

Al día siguiente, le pedí a Saúl que se fuera de mi vida.

—Si así lo deseas...

—Es lo mejor.

—Para ti.

—Para los tres.

—No pienses por mí y por Sara.

—Entonces, así lo deseo porque es lo mejor para mí.

Saúl hizo una pequeña maleta y se fue de la casa. Dejó algunas cosas con la esperanza de regresar la semana próxima. Transcurrió la siguiente semana y no le quedó más remedio que recoger definitivamente todas sus pertenencias.

Pinté las paredes del departamento de colores brillantes para que mis ojos se acostumbraran al nuevo camino elegido. Acomodé los muebles de otra manera y compré unos nuevos para reemplazar los ausentes.

Me quité los palillos de los párpados y mis ojos se quedaron abiertos.

Ese día pude contar que hubo una época de mi vida muy dolorosa, como supongo muchas mujeres pasamos o nunca dejamos que termine de pasar. Vivimos con tanto mal a cuestas, cargándolo como Jesús llevó su cruz.

¿Será que la historia nos va marcando?, ¿seguimos los patrones de la mamá de la mamá de nuestra mamá?

¿Será que, en verdad, venimos de la misma madre? Una madre muy sufrida, por cierto.

Ese día solté mi sufrimiento, deposité las cargas que hasta entonces no sabía que llevaba en un río subterráneo imaginario y le agradecí que se las llevara muy lejos. Ya no las necesitaba para seguir caminando.

62

La soledad no se evita buscando en el otro ni se distrae con el otro. La soledad se recrea con uno, escudriñando adentro, cuando con la propia compañía basta.

Por eso la soledad no se puede ahuyentar como cuando te quitas una araña de encima. La soledad es parte de uno mismo.

Para Sara

Mi hermosa Sara:

¿Cuántos años tienes ahora?, ¿cómo serás, mi mujercita? ¿Te habré ayudado a que tu vida fuera más fácil?, ¿te vives feliz?

No sé en qué capítulo de nuestras vidas estemos, ni cuántos logros o fracasos, tristezas o alegrías, se hayan sumado a nuestras páginas, sólo espero que seamos buenos seres humanos y hayamos encontrado la manera de recorrer nuestras vidas con plenitud.

Lo único que sé Sara —hoy, que te escribo, en este presente que será pasado para ti—, es que cometí muchos errores por la falta de responsabilidad, de la baja autoestima y la poca conciencia sobre cómo vivir de manera sana y estable. También sé que no sabía, ni podía ser de otra forma en esa etapa de la adolescencia que es crucial para todo ser humano. Tales caídas me llevaron a un punto que me permitió crecer como persona, superar obstáculos y tener aciertos para más tarde retomar el rumbo de mi vida hacia un sitio agradable y amoroso. Estoy consciente también de que si no hubiera tenido la fortaleza interior para levantarme, ahora te estaría contando una historia diferente o, simplemente, esta historia seguiría sumando capítulos llenos de tragedia y sufrimiento, sin ni siquiera darme cuenta de que la única persona en condiciones de romper el círculo vicioso, soy yo misma.

Uno de esos grandes aciertos fue haberme separado de tu padre, a pesar de la carga negativa que implica un divorcio. En mi caso, era un mal necesario, y por eso ahora dudo que sea un mal como tal. Para mí significó el paso indispensable para encontrar un mejor lugar desde el cual admirar la vida que se me presentaba por delante.

Ahora comprendo el divorcio como una crisis; como ese «algo» que incomoda y te obliga a moverte para crecer, que se sufre, pero que al final alivia; como ese estado en el que una se haya suspendida en el aire cuando das un salto, sin saber bien en dónde caerás, pero con la certeza de que el golpe no puede ser más severo que lo que ya has sufrido, y lo mejor de todo: con la seguridad de que superarás esa sensación de angustia que te hace respirar a medias, que te provoca ser y hacer a medias, sentir y pensar a medias, vivir a medias, querer a medias. Desde ese sitio, en el momento justo en el que estás en el aire, con el suspiro atorado y a pesar de toda esa incomodidad, se puede vislumbrar claramente el mapa completo para que decidas el mejor territorio donde caer y empezar a sembrar de nuevo.

Después de esa decisión hubo muchos comentarios que obviar, muchos ojos indiscretos que esquivar, muchos señalamientos que discriminar y muchos sentimientos que expresar.

Te preguntarás qué pasó después.

Yo viví el luto que experimentan las parejas que se divorcian cuando todavía estaba con Saúl, así que fue fácil acomodarme en mi nueva piel de madre soltera, sin dramas ni lamentaciones, contrario a lo que la mayoría de la gente me pronosticaba.

Al principio supuse que la que pasaría por un momento complicado serías tú, pero tampoco fue tan difícil como lo había imaginado. Obviamente mostraste cambios en el comportamiento e hiciste muchas preguntas sobre tu padre, quien se ausentó por completo más pronto de lo esperado.

Para mi madre fue algo muy difícil de incorporar. ¡Cómo era posible que una de sus hijas se divorciara! Esa palabra no encajaba en su vocabulario. Le preocupaba mucho, como siempre, el qué dirán, y sentía un miedo inmenso porque a mí me seguía percibiendo vulnerable y desprotegida.

El hecho de seguir viviendo en el departamento también era caldo de cultivo para las discusiones con mi madre. Que si me pasaba algo, qué iba a hacer yo sola; que si se metían a robar, cómo le iba hacer; que si te enfermabas, con quién acudiría; que qué iban a pensar los vecinos de mí si me quedaba yo sola. Para ella, lo mejor era que me regresara a vivir a su casa, pero para mí eso significaba un retroceso. Le agradecí su propuesta y le aclaré que si en algún momento se me complicaba pagar mis cuentas, no sería insensata y aceptaría su oferta, pero que mientras eso no pasara yo continuaría viviendo contigo, que no es lo mismo que vivir sola.

No sabes cuánto fui criticada, Sara, no sólo por mi familia. Corrieron infinidad de versiones acerca de los motivos de mi divorcio y curiosamente la bruja del cuento resulté ser yo.

Para «la gente» (incluyo amigos, conocidos, referidos y demás), descubrir que una mujer divorciada logra continuar con su vida positivamente, es una especie de disonancia cognitiva. Quizá si yo hubiera estado hecha un manojo de lágrimas, como tantas veces lo estuve en mi vida pasada, me hubiera ido mejor con las versiones que circularon. Por lo visto, eso de la falta de memoria colectiva también aplica en el nivel de las relaciones interpersonales. Pero tampoco iba a estar dando explicaciones a todos. De hecho, a la única a la que le revelé mis motivos fue a mi madre, y eso por obvias razones.

Afortunadamente nada de eso impidió que yo continuara con mi deseo de seguir adelante construyendo un nuevo cuento con la suma de lo aprendido, siendo una persona muy diferente.

En mi camino se cruzó un hombre al que era imposible no ver. Un hombre que fácilmente se fue metiendo en mi vida. Primero por mi nariz. Me encantaba su olor cuando pasaba a mi lado. Después, por la gran admiración que me provocaba su inteligencia y, más tarde, por todo aquello hermoso que me hacía sentir. Ese hombre es, precisamente, Santiago, tu papi, como ahora lo llamas.

Yo pensaba que el amor me sería negado e inconscientemente mi corazón se cerró, más por temor a ser pisoteado que por falta de ilusiones. Sin embargo, al ir conociendo a Santiago, mi corazón cedió sin que yo me diera cuenta y le permitió que se acomodara en un sitio muy especial para mí. Desde entonces es mi compañero de vida.

Hasta ese momento descubrí que había vivido un concepto del amor muy alejado de su verdadera esencia. Aprendí que para poder amar, se necesita más que voluntad. Se necesita amarse primero a uno mismo (lo cual es muy complicado cuando no has crecido en un ambiente favorable para tu autoestima) para, después, poder ofrecer y estar en condiciones de recibir; para poder ayudar a tu pareja a que logre sus sueños y viva cada día mejor, sin condiciones, sin reproches, sin competencias absurdas, sin celos, sin apegos. ¡Qué fácil es confundir el amor con el apego!

Mi relación con mi madre ha mejorado mucho y cada vez se hace más sólida, ya no hay rastros de lo que era cuando comenzó esta historia.

Hasta ahora he podido recibir a mis padres con todo el amor que siempre han tenido para mí, pero que yo no sabía ver, a pesar de que estaba enfrente de mis ojos.

Amo a mi madre y a mi padre. Y eso no significa que no tengamos desacuerdos por pensar y ver la vida de manera diferente. Yo sigo aprendiendo de ellos porque son dos personas maravillosas que me brindan su apoyo, sabiduría, protección y amor incondicional.

Mi madre, con todo y sus años, ha intentado seguirme el ritmo. Valoro mucho su esfuerzo por comprenderme y aceptar que viva como yo lo decida, a pesar de sus ganas de seguir protegiéndome como ella quisiera.

Como puedes ver, Sara, lo que pasó después fue una cascada abundante de buenas nuevas, resultado de asumir la responsabilidad de mi vida, tomando decisiones, analizando las circunstancias y con una actitud comprometida y positiva.

La vida es como uno quiere que sea, Sara, el problema es que uno no siempre se da cuenta de quién es y a dónde quiere ir; entonces vamos merodeando por ahí sin rumbo fijo, como iba yo, asumiendo lugares y roles que no me pertenecían y llegando, en consecuencia, a puertos que no eran los míos.

Aprendí que los días también son soleados y no llenos de tormenta. Todo mejora con sólo pretenderlo, con sólo desearlo y siendo consecuentes con ello. «Pide y se te concederá», pero ten cuidado con lo que pidas.

Tampoco te voy a negar que durante mucho tiempo mi ser se enfrascó con preguntas del tipo «¿por qué a mí?» Es cierto que me sentí culpable por no haberte propiciado mejores circunstancias durante tanto tiempo, pero he aprendido que la pregunta «¿por qué?» y la culpa se deben eliminar del vocabulario para sustituirlas por: «¿para qué?» y responsabilidad.

«Por qué» y «culpa» son palabras que lo único que logran es colocarte en el papel de víctima, el cual te impide superar las situaciones límite que nosotros mismos vamos construyendo. Por el contrario, preguntarnos «para qué» o hablar de «responsabilidad», automáticamente nos coloca en una postura diferente que nos hace ver la situación como un manantial de aprendizaje necesario para crecer y madurar y, por lo tanto, invita a la acción.

Sara, pronto cumplirás ocho años y ya me has preguntado lo que sabía que me cuestionarías algún día: sin embargo, no creí que fuera tan pronto. Te he contestado prudentemente y con la menor información posible con la intención de no desorientarte. Supongo que cuando leas esto, no requerirás más detalles y espero saciar así tu necesidad de respuestas sobre mi relación con tu padre. Sé que hablé de más, sólo espero que registres la información que necesitas y la que no, deséchala, déjala ir sin que permitas que se quede en algún lugar de tu inconsciente.

También estoy consciente de que el principio de tu vida no es el que a mí me hubiera gustado ofrecerte y mucho menos el que tú mereces, acepto mi responsabilidad, pero desgraciadamente no tenía los ingredientes necesarios, ni la receta para prepararlo estable y seguro. ¡No sabes cuánto me he lamentado por ello! Sin embargo, con mucho esfuerzo y rompiendo muchos esquemas de pensamiento, he aprendido a perdonarme por salud mental, porque vivir a partir de la culpa y seguir construyendo mi relación contigo desde ahí, me hacía seguir cometiendo error tras error, arruinándome a mí y de paso a ti.

¡Claro!, el perdón no implica que deje de cometer errores, ojalá fuera así de sencillo, pero sí me ha permitido ir sacando todo aquello que hace bulto y le ha dejado lugar a mi corazón para llenarse de sentimientos que sí le permitan sentirse tranquilo y satisfecho, como el amor y la compasión.

El perdón es un acto maravilloso que, precisamente, libera, sana y permite fluir. No lo menosprecies, ni lo bloquees, mejor súmalo a tu vida. Algunos opinan que la única persona en condiciones de perdonar es Dios, pero si Dios vive en nosotros, entonces, también nosotros podemos perdonar, siempre que lo hagamos desde el amor, la compasión y la humildad, jamás desde el orgullo, la arrogancia o la soberbia, ni como un acto de superioridad ante los demás. Eso no se llama perdón.

Sara, ahora está en tus manos decidir cómo quieres continuar tu vida. Te toca a ti moldearla y hacerla a tu manera. El hecho de que tu principio no sea tan mágico como tú hubieras deseado, no significa que lo que le sigue no pueda serlo. Ahora tienes en tus manos el lápiz que escribirá tu propia historia.

Yo seguiré contigo, amándote y guardando la distancia que mi prudencia me indique y la que tú necesites para seguir construyendo tu vida, confiando plenamente en que lo harás de la mejor manera: a tu manera.

Y recuerda: hay que saber esperar al tiempo.

Tu madre que te ama, Julia.
ENERO 2006

*Cómo llegaste aquí. Historia
de una madre adolescente,* de Adriana Ayala
se terminó de imprimir y encuadernar en enero de 2013
en Quad/Graphics Querétaro, S. A. de C. V.
lote 37, fraccionamiento Agro-Industrial
La Cruz Villa del Marqués QT-76240

10/18 ① 11/17